這是妳與我的最後戰場，或是開創世界的聖戰 3

the War ends the world / raises the world

米司蜜絲·克拉斯
Mismis Klass
帝國軍人，伊思卡所屬小隊的隊長。摔落至星脈噴泉後，化成了魔女。

星劍
Stellar S-Sword, Stellar R-Sword
伊思卡受贈於師父的劍，為成對的兩把劍。黑鋼之劍能斬斷各種星靈術，而白鋼之劍能重現一次最後劈砍過的星靈術。

星紋
Astral Sign
感染「星靈」者所浮現出來的圖紋。這是魔女和魔人的證明，在帝國乃是受迫害的對象，但在皇廳則是如通行證般的存在。

「縱使想分離也離不開……
和你結下的因果真是愈來愈神奇了。」
愛麗絲莉潔・露・
涅比利斯九世
Aliceliese Lou Nebulis IX
凜然美麗的涅比利斯皇廳第二公主，俗稱「冰禍魔女」。一面以擊潰帝國為志向，同時也為國內繼承王位的鬥爭感到苦惱。

the War ends the world / raises the world

伊思卡
Iska
握有名為星劍的對劍，能與星靈使對等戰鬥的劍士。為了終結戰爭而投身戰鬥，因此被稱為「厭惡戰爭的戰鬥狂」。
「我也有不能讓步的事。與勁敵的約定——
是不能隨意反悔的對吧？」

the War ends the world / raises the world

CONTENTS

這是妳與我的最後戰場，
或是開創世界的聖戰 3

the War ends the world /
raises the world

So fert Sew lu sis ria Es.
對你來說，我能成為什麼樣的存在？

lu ez clar ria xel. lu ez karel eia xel pha bie Ec Ies sanc.
告訴我答案。用你內心的話語去追尋。

E ema evoia fert Ez lihit. xel cia miel bie shel.
你能成為你想成為的所有樣貌。我會化為你的助力。

Kadokawa Fantastic Novels

Prologue　「愛麗絲的煩惱」

「愛麗絲大人，這是您今天第十四次嘆氣了。」

「……嗯，也是呢…………唉……」

「這是第十五次了。」

「本小姐的心情好不起來啊。我說燐，這就是所謂的心病嗎？」

這裡是星之塔。

綻放著美麗花草的芬芳庭園裡，愛麗絲正坐在長椅上仰望天空。

她是愛麗絲莉潔．露．涅比利斯九世——不僅是這座「魔女們的樂園」涅比利斯皇廳的公主，也是寄宿了強大星靈的少女。

沐浴著陽光的金髮閃爍著淡淡光芒，紅寶石般的雙眸散發著凜然高貴的氣質。

雖然才十七歲，但那早熟的肉體已經勾勒出豐盈的成熟曲線，再加上那張可愛的臉蛋，使她與公主這雍容華貴的頭銜很是匹配。

然而——

Prologue 「愛麗絲的煩惱」

如今的愛麗絲卻是無精打采地嘆息連連，糟蹋了那張可愛的容貌。

「愛麗絲大人，您最近是怎麼了呢？」

在長椅旁的隨從少女問道。

她是燐．碧士波茲。

少女將亮茶色的頭髮綁在左右兩側，她的年紀比愛麗絲小一歲，今年十六。

身為隨從，她身著樸素的傭人打扮。但她的衣著底下其實藏滿了匕首、金屬針和鋼索等暗殺道具。

她不僅是愛麗絲的侍女，同時也是護衛。這就是燐的身分。

「難道您身體微恙？」

「本小姐好得很呢。」

「還是您想用膳了？」

「不是才剛吃過午餐而已嗎？而且妳也在場吧？」

「真是的，那到底所為何事？愛麗絲大人，您若有不安的話，不妨說給我聽聽。」

燐以無奈的口吻說道，同時按住自己的胸口。

「身為侍女，我有義務知曉愛麗絲大人的心情。來吧，愛麗絲大人，不管有什麼樣的不安，都請儘管發洩在燐的身上吧！」

「本小姐的胸口很難受。」

「胸口嗎？」

「內衣繃得太緊了，看來是又變得不合身了呢……好傷腦筋呀。」

「原來您只是想炫耀而已嗎？」

燐原本按著單薄的胸口，登時紅著臉將手挪開。

「是呀、是呀。反正我的胸部就是平坦嘛。對於到現在都還能把幼童內衣穿得合身的我來說，確實不明白愛麗絲大人的煩惱！」

「開玩笑的啦。呵呵，燐還是一樣可愛呢。」

愛麗絲從椅背挺起身。

雖說對燐有些抱歉，但看到她又氣又慌的模樣，愛麗絲也稍稍打起了精神。滿臉通紅的燐，看起來活力十足。

而且還非常可愛。

正因為燐平時總是表現得冷靜沉著，這孩子氣的一面看起來才更加惹人憐愛。

更何況……

……要是說了真話，搞不好會惹燐生氣呢。

要是被燐知道她嘆氣的理由不是為了涅比利斯皇廳，而是為了敵國的士兵，那麼燐肯定會露出緊繃的神情吧。

……不曉得伊思卡是否平安無事。

……雖然覺得他應該還活著，但本小姐拿不出證據。

愛麗絲的不安，起因來自至今約一週前所發生的事。

在帝國與涅比利斯皇廳部隊相互爭鬥的峽谷中，愛麗絲看丟了自己視為勁敵的帝國劍士——伊思卡的行蹤。

星脈噴泉（Vortex）。

自星球中樞疾噴而出的星靈能源，將兩人吹散開來——

「這股力量是？星靈靠得好近……不行，我控制不住了！」

「愛麗絲！」

前使徒聖伊思卡。

那是自己（愛麗絲）曾出盡全力，卻沒能成功擊敗的宿命對手。下次在戰場上一定要分出勝負——對於愛麗絲來說，這期待的念頭讓她過著度日如年的生活。

結果那場對決又再次被「順延」了。

若是要用愛麗絲的話語來比喻的話——這就像是自己引頸期盼的結婚典禮，因突如其來的暴風雨而被迫中止。兩者的失望之情可說是如出一轍。

……唉呀，不過用結婚典禮來形容會不會太誇張了？

……本小姐和伊思卡可是在戰場上相互敵對的關係。就算只是比喻，說是結婚典禮好像也太過火了……

妄想在內心不斷膨脹。

這時，燐忽然從身旁將臉探了過來。

「愛麗絲大人？」

「我、我才沒在想什麼結婚的事喔！本小姐和伊思卡可是——」

「伊思卡？」

「…………啊。」

糟糕了。在心虛之餘，不小心將那個名字脫口而出了。看到愛麗絲自覺失態而露出苦笑，年少侍女的臉色愈來愈難看。

「愛——麗——絲——大——人——？」

「燐，別這樣啦！是妳誤會了，拜託聽我解釋啦！」

「不，我沒有誤會！我究竟還要提醒您多少次呢？那名劍士可是敵人！他不只是敵國士兵，還是下級兵！他絕非皇廳公主愛麗絲大人該分心關注的對象！區區一名敵國士兵——」

說到這裡時——

在愛麗絲面前，燐像是突然想起什麼似的皺起臉龐。

「不過……我姑且還是認可了那名劍士的實力，畢竟我也曾敗在他的劍下。愛麗絲大人會對他多有留意也不無道理。」

「對吧？妳也懂吧？」

「……您為何表現得如此開心？我們明明在談論一名敵人。」

隨從重重地嘆了口氣。

「我明白了。既然您對那名劍士如此在意，不如就順著愛麗絲大人的意思採取行動吧？」

「行動是指？」

「就是與那名劍士對決。以愛麗絲大人期望的形式，採一對一的方式解決。」

「咦……可以嗎？」

燐的話語讓愛麗絲有些不敢置信。畢竟這名隨從一直以來都十分抗拒自己和伊思卡有所接觸，想不到她竟會作出這般通情達理的發言。

「但、但是，本小姐該怎麼做才好呢……？」

「您只能耐著性子等待與他碰面的機會降臨了。過去那個男人曾在中立都市艾茵現身過，而愛麗絲大人則是在那兒與他相遇了三次之多。因此最為有效的手段，恐怕就是單純地提高前往那座都市的頻率吧。」

「……王宮近期的行程，可就已經把本小姐搞得分身乏術了呢。」

「我會調整行程，讓愛麗絲大人能空出大約三天的假期，並取得離開皇廳的外出許可。」

「燐，謝謝妳！」

愛麗絲從長椅上起身，用力抱住隨從。

「真不愧是本小姐的隨從，果然有兩把刷子！」

「請、請您別這樣呀，愛麗絲大人……！好、好難受啊。請您別用那對碩大的胸部夾住我的臉頰！」

「唉、唉呀，真不好意思？」

她慌慌張張地放開臉色鐵青的隨從。

「……咳咳，但作為交換，還請愛麗絲大人承諾我一件事。今後請別再於王宮發出嘆息，也要表現出公主應有的身段。」

「沒問題。」

剛才的憂鬱情緒已經跑到九霄雲外。

如今的愛麗絲開心得險些就要蹦跳起來。她怎麼也想不到能博得燐的許可，以光明正大的姿態前去會見伊思卡。

「哎呀，真教人期待。伊思卡，你可要在中立都市等著本小姐呀！」

「是呀……『真教人期待』呢。」

愛麗絲還沒有察覺——

這麼回應的燐，眼裡正閃爍著圖謀不軌的光芒。

而愛麗絲也沒發現，這名少女並沒有將心思放在期望能與伊思卡重逢的自己身上，而是正思索著另一種「以伊思卡為目標」的計畫。

然後——

這名隨從的獨斷獨行，將引發一場巨大的命運漩渦，使帝國和涅比利斯皇廳都遭受波及。

而愛麗絲——和伊思卡都還未察覺此事。

Chapter.1 「獨斷獨行、錯身而過、受傷的心」

1

「咱要四位(大家)侵入涅比利斯皇廳。」

「特殊任務的內容是『入侵皇廳』，然後活捉現任涅比利斯女王。」

帝都詠梅倫根——

此地是被分隔在住宅區和商業區外的軍事區「第三管理區」。

而在基地裡的會議室——

「使徒聖大人啊，要開玩笑也該有點分寸吧？」

打破這股寂靜的，是銀髮青年所作出的回應。

「雖說妳跑來說些異想天開的話題已是司空見慣，但這回真的讓人笑不出來啊。」

他是陣・修勒岡。

他留著一頭後梳的銀髮，有著精悍的面容。在他背靠的牆面旁，豎著寸步不離的狙擊槍。

「這是我的個人感想就是了。」

「……我也有同感。」

與陣四目相接後，伊思卡也輕輕點了點頭。

伊思卡——留著黑褐色頭髮的十七歲少年。

他是在帝國土生土長的少年兵，和陣一樣隸屬於帝國軍。若是說得更精確些，他們隸屬於人類防衛機構的第三師。

此機構一如其名，是從魔女手底下守護人類的組織。他們是肩負著這種責任的帝國兵。

「就我所知，帝國的諜報部隊一直在為闖越皇廳國境的方式傷透腦筋。難道狀況有變？」

「沒有，小伊的資訊是正確的喔。」

戴著眼鏡的女幹部笑吟吟地回應。

「那個國家（涅比利斯）的王宮戒備森嚴，女王坐鎮的期間，從來沒有人能成功入侵。不過呀，你們不覺得若能成功潛入的話，就等於是幹了一樁大事嗎？」

璃灑．英．恩派亞——

這位女性有著聰穎的面容，特徵是臉上戴著黑框眼鏡。

雖說給人優秀的社長祕書或是商場女強人的知性印象，但身為帝國軍幹部的她，可是擁有連男性士兵都自愧弗如的體力和戰鬥技術。

簡單來說就是個無所不能的天才。

在同期士兵們還卡在隊長的階級苦苦磨練時，她已經以超乎尋常的速度被拔擢為使徒聖，並在轉瞬間升上使徒聖的第五席。如今的她正以天帝心腹的身分活動著。

如此優秀的她竟會說出這種荒唐的提案。

「所以說，咱是在談正經事啦。與其說是談，更不如說是命令吧？」

「是誰的命令呢？」

「當然是八大使徒啦。欸，小伊，這種明知故問的應答很不像你的作風耶？」

在鏡片底下，那對有著長長睫毛的雙眸細瞇了起來。

那是帶著猜疑的豔麗目光。

「哎呀——這下咱隱瞞這麼久也有價值了，想不到小伊居然會這麼驚喜呀？」

「我並沒有感到驚喜……」

「咦？真難得呢，原來小伊也會露出這麼厭惡的表情呀？」

璃灑扠著腰，以感到稀罕的神情窺探伊思卡的反應。

「身為前使徒聖的小伊，難道還有辦不到的事嗎？」

「這是個棘手的難題。我迄今雖然接下不少不講理的命令，但還是會覺得有點無法和這次的命令比擬。」

伊思卡以有些強硬的口吻回應。

至於璃灑仍然掛著豔麗的目光。

「哦？可是小伊啊，你還記得為你保釋的是誰嗎？」

「是八大使徒。」

「是呀。而提議這次作戰的也是八大使徒。你應該懂咱的意思吧？」

「……我自認明白其中的關聯。」

伊思卡是犯過叛國罪的士兵。

一年前，他協助偶然遇見的幼小魔女逃獄，因而被判無期徒刑。

——黑鋼後繼伊思卡。

——將向帝國最強劍士習劍之人關在牢裡，未免太過可惜。

帝國最高的權力機構為「八大使徒」。

本該持續過著牢獄生活的伊思卡之所以得以獲釋，也是因為八大使徒的提議所致。

「就讓咱為了小伊多嘴兩句，這次的任務可是不容拒絕的喔。要是惹毛了八大使徒，你就會立刻被關回監獄的。所以啦，就別露出這種表情了吧？」

璃灑拍了拍伊思卡的肩頭。

「有小伊在就沒問題的。應該說第九〇七部隊的大家都很優秀呢。」
「就算是這樣，你們也不可能在沒有對策的前提下制訂作戰吧？」
陣以粗暴的口吻說道。
「這可是和八大使徒有關的特殊任務，他們肯定在檯面底下絞盡了歪腦筋，把大規模的計畫推動得告一段落後，才把我們拖下水。」
「算是啦～陣陣也滿內行的呢。」
「快把具體的手段說出來。現在，馬上。」
即使被女使徒聖輕描淡寫地帶過，陣的表情也沒有一絲動搖。
「涅比利斯女王，可是『那個』始祖的後裔。不只是女王而已，王宮裡還有許多純血種棲息著。妳想讓第九〇七部隊怎麼闖進去？」
始祖涅比利斯——
誕生於百年前的首位魔女。
她保護了受到帝國全土迫害的星靈使，僅憑一己之力對抗帝國軍，甚至留下了將帝都化為一片火海的傳說事蹟。
涅比利斯皇廳的王室，都是繼承了這位始祖血脈的後人。
——俗稱「純血種」。

對帝國來說，始祖的血脈與非人怪物無異。魔女們的實力之強大，足以單槍匹馬摧毀帝國軍的一座基地。

而帝國甚至還不清楚涅比利斯皇廳手中握有多少名純血種。

「不只是純血種的問題而已。說起來，在通過國境時所實施的『星靈審判』也非常麻煩。妳使徒聖不可能不曉得狀況有多棘手吧？」

「是『星紋』的問題對吧？」

璃灑一邊呵呵笑，一邊意味深長地拋了個媚眼。

「陣陣的主張非常正確。星靈審判確實讓咱們傷透了腦筋呢。」

被星靈附身的人類，會在身體的某處浮現名為星紋的印記。雖說這印記在帝國被視為「非人」的證據，但星靈審判卻反過來利用了這一點。

在國境的關卡處——

「沒有星紋的人類將難以入國」。

「雖說星紋在帝國被拿來當成魔女審判的證據，但皇廳卻巧妙地利用了這層差異呢。居然將星紋的有無當成護照辨識。由於沒有星紋的人類有可能會是帝國派來的密探，要進入國內可沒那麼簡單。」

只要展露肌膚，星紋的存在便一目了然。

為此，帝國人想穿越國境可說是難如登天。

「諜報部隊可是苦無良策呢。畢竟帝國人只不過是一般人類，身上不會有星紋呀。所以當然會三兩下就被揭穿不是皇廳人的事實。」

璃灑像是舉手投降似的聳了聳肩。

「就連隸屬於中立都市的人們，也會在進出時受到嚴加監控。如此一來，就算帝國的諜報部隊再怎麼優秀，想潛入皇廳也是不可能的事。」

「就是這麼回事。所以使徒聖究竟有什麼對策——」

「『對策當然有喔』。」

「……什麼？」

「就算是帝國人，也有辦法侵入皇廳的喔。」

陣瞇細了眼睛。

看到他露出了混著訝異和猜疑的眼神，第五席使徒聖看起來更加愉快了。

「你們就好好期待三天後吧。」

「您還是不打算告訴我們嗎？我聽說其他部隊已經開始進行演習了喔？」

「哦？原來小伊還是挺有幹勁的嘛。」

「我只是不喜歡您剛才那句話的說法。」

那是這名女子慣用的手法。

對這點很清楚的伊思卡點了點頭。

「我希望您能給我們一些時間作準備。畢竟第九〇七部隊原本也早就該開始進行演習，卻臨時被下令遠征，前去搶占星脈噴泉啊。」

「嗯嗯？」

「要是怠於準備，我們部隊說不定會扯其他人後腿。」

入侵皇廳的任務，並不是只由伊思卡等人執行。

這可是八大使徒策劃的大規模作戰。光是登記在冊的部隊就有二十之多，代表帝國軍精選出百人規模的精銳士兵參與了這次作戰。

……要是只有第九〇七部隊在作戰時出紕漏。

……肯定會在皇廳國境被逮，並且遭受拷問吧。

伊思卡不打算平白浪費自己的性命。

自己所抱持的宏願，乃是讓帝國和皇廳締結長久的和平條約。因此他絕不能在這種狀況下犧牲生命。

「咱是很想贊同小伊的心情啦。不過遺憾的是，『藥劑』還得耗費兩天才能完成。所以你們就再等上三天吧。」

「藥劑？」

「唉呀，說得有點太多了。那麼，趁還沒說溜更多前，咱就此告辭啦。拜拜，小伊，陣陣，還有——」

轉過身子的女使徒聖將臉一側。

她鏡片底下的眼眸露出了淘氣的笑意。

「對米司蜜絲來說，這次的作戰內容是不是太過刺激啦？」

「————」

「啊～果然昏過去了。算了，就這樣吧。」

她沒有回應。

女使徒聖露出了疼惜的神情，低頭看向臉色鐵青地倒在會議室地板上的女隊長，以及抱著女隊長的馬尾少女。

「再見囉，小音音。剛剛討論的事情，要好好轉達給米司蜜絲喔？」

「……好的。」

「答得好。小音音真是個乖孩子。小伊和陣陣也是。第九〇七部隊的大家真的很可愛呢，而且都是一群優秀的菁英。」

軍靴踏地的聲音「叩叩」響。

使徒聖第五席——璃灑・英・恩派亞，就這麼瀟灑地離開了會議室。

2

待使徒聖離去後。

「隊長？您還好嗎？」

伊思卡蹲下身子，對著癱倒在地的嬌小女隊長呼喚道。

小隊長名為米司蜜絲・克拉斯。

雖然她現在一臉茫然，呈現放空狀態，但稚嫩的容貌相當可愛，而帶點捲度的藍髮也與嬌小的身材十分相稱。

乍看之下，她看起來只有十五歲左右，甚至看似是眾人之中年紀最輕的一員；但她實際上卻是二十二歲的成年女性，是貨真價實的上司。

「璃灑小姐已經走掉了喔。」

「————」

她沒有回應。

璃灑雖然說她昏過去了，但米司蜜絲仍有意識，雙眼也呈現睜著的狀態。不過，她似乎完全虛脫放空，還沒辦法自行起身的樣子。

……會癱倒下來也是在所難免。

……畢竟自己在遭遇了「那種事」的當下，又被剛才的話題給刺激了一番。在雙重打擊下，會倒地不起也無可厚非。

「隊──長──隊長──？」

音音讓米司蜜絲隊長的頭枕在自己的腿上，輕輕拍打起她的臉頰。

音音・艾卡斯托涅。

少女將豐沛的紅髮綁成馬尾。她是部隊裡的通訊技師，同時也是名聞遐邇的一流機工士，擁有出眾的才能。

「隊長──快起來呀──要是不召開作戰會議的話，音音我們可是會倒大楣的。應該說第一個倒大楣的就是隊長喔？」

「沒用的，音音。她這一癱就會癱上半天。」

陣像是看開了似的靠在牆上。

銀髮青年謹慎地窺伺房外的動靜，同時壓低嗓音說道：

「這可是雙重打擊。在為『自己變成魔女』一事驚慌失措的當下，又接下了侵入皇廳的離譜任務，想保持冷靜實在太過困難了。」

「嗯～可是音音還是希望隊長可以振作起來嘛。」

音音溫柔地摸著米司蜜絲隊長的腦袋說道：

「吶，隊長，打起精神來吧？今天音音也會陪妳去吃燒肉的，吃點好吃的東西，振作起精神來吧？」

「……啊嗚……燒、燒肉……！」

「這個隊長居然因為燒肉醒過來了。喂，伊思卡、音音，你們不用擔心了。既然還有吃東西的動力，那就是平時的隊長沒錯了。」

在陣半是傻眼的照看下，嬌小的女隊長彈起了身子。

「啥？人、人家是怎麼了……！」

「隊長，妳整個人放空了喔。從璃灑小姐開始解釋特殊任務後，妳就一直沒回過神來。」

伊思卡走向飲水機，用杯子裝水。

接著將裝了滿滿一杯水的杯子遞給女隊長。

「來，請用水。」

「謝、謝謝你，阿伊……」

她以可愛的動作喝光了杯子裡的水，做了個深呼吸，這才終於冷靜下來。而她首先確認的，就是自己的衣著。

此時的她已經脫下外套，上半身只穿著一件襯衫。

她看見自己解開的袖釦，像是想起什麼似的，戰戰兢兢地捲起袖子，然後將整條左臂膀露了出來。

「……那果然……不是在作夢呢……」

米司蜜絲微微苦笑。

她凝視著浮現在左上臂的青綠色圖紋。

——魔女的星紋。

那是宛如刺青一般的詭異圖樣，但與刺青不同的是，她肩頭上的圖紋正散發微微的光芒。

這是被不明能源「星靈」所感染，化為魔女之人的證據。

「人家……變成魔女了……？」

「冒出星紋的當下就是『中頭獎』。不過妳剛才昏過去，說不定是不幸中的大幸呢。」

陣用下巴指向房門外頭。

「若是笨拙地試圖隱瞞，反而會給人不自然的印象。要是隊長是在保持清醒的狀態下隱藏星紋，肯定會被那個使徒聖察覺有異。」

對使徒聖（璃灑）來說，米司蜜絲應該是「因為收到侵入皇廳這種荒唐的指令，才會大受打擊昏厥過去」的吧。

拜此之賜，星紋才沒被發現。

「要、要是被她發現的話呢……？」

「這妳也心知肚明吧？『已經侵入』帝國領內的星靈使，最糟的情況是就地處決。隊長是因為跌入星脈噴泉而受到感染，所以只要自首就能減刑。雖說是減刑，在最樂觀的情況下，恐怕也只會獲判像伊思卡那樣的無期徒刑吧。」

「……也是呢。」

身為帝國軍隊長，卻同時成為了「魔女」，米司蜜絲不由得嘆了口氣。

回想起來——

「不如擔心一下你們的隊長吧？」

「那就失陪了。不知其名的帝國兵啊，讓我們有緣再見。」

純血種琪辛和假面男子。

在爭奪星脈噴泉的那場戰事之中，與伊思卡對峙的兩名星靈使為了撤出戰局，使出將俘虜（米司蜜絲）推落星脈噴泉的手段。

……那個把隊長踢下去的假面男子。

……肯定也沒設想到隊長會變成現在這樣。

跌落星脈噴泉，其實和跌落火山口的狀況是差不多的。只不過差別在於：星靈能源和岩漿不同，對於一般人類來說無害。

一起跌落噴泉的伊思卡就沒事。

就只有米司蜜絲隊長在星靈使的適應力上得到了「中頭獎」的結果。

「隊長，我姑且問一下。剛才璃灑小姐說過的特別命令，妳有聽到內容嗎？」

「……沒有。」

「如果我現在重新說明，妳有把握能聽進去嗎？」

「……沒有。」

「不行啊。雖然早有預期，但這種精神狀態根本沒辦法侵入皇廳。」

陣交抱雙臂說道。

換作平時，他應該會在開口之際冷嘲熱諷個一、兩句，但這回卻是個例外。看來米司蜜絲沮喪的程度，已經到了旁觀者會為之心痛的地步了。

「那、那個……對不起喔……人家會好好努力的。」

「努力個屁啊，快去休息！」

陣以命令句回應。然而他的口氣卻是相當沉靜。

「喂，音音，今晚帶隊長去吃燒肉。明天早上和明天中午也是。」

「三餐都吃燒肉嗎？」

「她需要靜養。現在的她根本連要放鬆或是冷靜下來都沒辦法，哪可能就這樣讓她去執行特殊任務啊？」

會全軍覆沒的。

陣之所以沒說得這麼直接，大概是在體恤眼前的隊長吧。

「我也有同感。隊長，既然還有兩天的待命期，今天的訓練就先中止吧。我和陣會去調查與星紋有關的資訊的。」

伊思卡該去思索的，是隱藏米司蜜絲星紋的方法。

該貼上膚色的貼紙嗎？

但有可能會被安裝在帝都裡的星靈能量檢測器偵測到。

就像涅比利斯皇廳警戒帝國士兵滲透那般，帝國也警戒著星靈使侵入的可能性。

「我和陣會在今天之內找出最低限度的應對方案。另外，為了不讓其他人發現星紋，我會讓音音陪在隊長身邊，也請隊長今晚不要泡澡。要是去澡堂的話，就有可能會被人看到身體。總之，請您謹慎行事。」

「好、好的！」

「音音，抱歉，隊長就麻煩妳了。可以的話，今天連睡覺的時候都不要離開她身邊。」

「包在我身上。我會在隊長的房間和她一起睡的！」

音音用力抱住了上司。

「伊思卡哥、陣哥，你們也要小心。雖說出事的話音音我也會聯絡你們，但使用制式通訊機的對話內容是會被機構司令部記錄下來的。」

「重要的事情就回宿舍討論吧。那就先這樣了。」

伊思卡轉身背對音音和米司蜜絲隊長。

像是要追上先一步離開的陣似的，他跟著離開了會議室。

3

陽光將大地炙得焦熱。

被火辣辣傾注而下的熱線曬過的黃土大地顯得乾硬且龜裂橫生，形成了僅有少數雜草與孤樹散布的荒野。

畢夏達荒野。

一台越野車正以駭人的速度行駛在這座無人開墾的荒野上。

「人家好久沒搭阿伊開的車了呢。」

「我也很久沒開了。」

伊思卡側眼看著癱坐在副駕駛座上的米司蜜絲隊長。

「我有點緊張呢，畢竟之前都交給音音駕駛。」

「嗯嗯，人家很明白喔。尤其身旁還坐著像人家這麼可愛的女孩子嘛。」

「……是啊，就姑且當成是這麼回事吧。」

要是陣也同坐在車上，肯定會回以一句：「妳已經不是可以稱為女孩子的年紀了吧？」

話雖如此，實際上伊思卡也確實在意她。

……臉色比昨天好多了，話也變多了些。

……太好了。也許這場兜風有讓她稍微分心吧。

帝都的封閉感太過強烈了。

由於音音提了個「不如乾脆去外頭轉一轉」的點子，伊思卡才會帶她出來吹風。

「您有貼好膚色貼紙了嗎？」

「嗯，貼得很牢喔！這個好厲害呢，人家就算對著鏡子看，也幾乎能藏到不露破綻呢！」

米司蜜絲隊長按著自己的肩膀。

上頭貼著醫療貼布。那原本是用來隱藏手術縫痕的醫療用品。只要當成貼紙貼在肌膚上，就能隱藏底下的傷痕。

「阿伊，這應該是防水的吧？」

「就算淋浴也不會脫落喔。多虧陣找到了好東西，這貼紙不僅薄，膚色也與隊長相近，真是萬幸呢。」

「……星靈能源方面還是束手無策嗎？」

「就我們昨天測試的結果，還是相當難以應付呢。」

星靈使身上會散發星靈能源。音音試著拿檢測器接近，結果指針立刻就有反應。就算用貼布蓋住肌膚，也沒辦法澈底隔絕底下透出的星靈之光。

但還是有例外存在。

「若能弄到夏諾蘿蒂前隊長所用的貼紙，就有辦法掩蔽。」

「可是那個……八成是皇廳獨力研發的產品吧……」

「夏諾蘿蒂．葛雷高里可是在涅比利斯皇廳土生土長的喔？」
「就連這道星痕都得隱藏起來的心情，妳應該是沒辦法明白的吧——？」

夏諾蘿蒂前隊長，是花了將近十年時光假扮成帝國士兵的皇廳密探。
她雖然也是用貼紙隱藏星紋，但她所使用的物品卻能澈底阻絕星靈能源。
……應該和米司蜜絲隊長說的一樣，是皇廳研究的產物吧。
……畢竟星靈方面的研究是他們更勝一籌。
將星靈視為禁忌的帝國，也對研究設下了百般限制。
至於涅比利斯皇廳則是不負「魔女們的樂園」之名，在星靈能源方面的研究，應該已經將全世界的其他國家狠狠甩在身後了吧。
「米司蜜絲隊長，以中立都市（艾茵）為目的地真的好嗎？」
「嗯。因為呀————」
嬌小女隊長頹靠在副駕駛座上。
自窗口吹入的強風將她的瀏海向後拂去。而她目前身上穿的並非帝國的戰鬥服，而是長袖襯衫搭配長褲的打扮。
雖說主要是為了遮掩星紋，但由於露出肌膚的部分減少，她看起來比平時成熟幾分。

「因為人家現在還能待的，就只有中立都市而已了。」

要是在帝國境內被人發現是魔女，就會遭到處決。

但即便前往涅比利斯皇廳，也可能會被對方懷疑是帝國派來的間諜。

現在的米司蜜絲隊長沒有容身之處。世界最大的兩個國家都不會允許她滯留，使她處於無根浮萍一般的狀況。

「待在中立都市的話就輕鬆多了呢。就算被人看見星紋也沒什麼關係……啊，說得也是呢。比起向帝國自首鋃鐺入獄，還不如逃往中立都市生活算了。」

「——————」

這只是一句自嘲的玩笑話。

即使知道這一點，伊思卡也想不到該怎麼接話。

……畢竟實際上確實如此。

……如果想讓米司蜜絲隊長以最安全的形式生活，就只有這個選項了。

但她的身分不允許這麼做。米司蜜絲的雙親都住在帝國，朋友們也幾乎都是帝國人，她不可能作出孤身一人搬離帝國的選擇。

更何況——

伊思卡很清楚，米司蜜絲直到現在，都抱持著想繼續當第九〇七部隊隊長的心願。

「隊長。」

「怎麼了？」

「我、音音和陣都是隊長的伙伴。所以，也請隊長要加油。」

「…………」

米司蜜絲不發一語。

接著風聲中傳來話語聲。

「……真是的。」

一粒水珠──女隊長用指尖擦去滲出眼瞼的水珠。

「別把大姊姊弄哭啦。人家對這種話語最沒轍了。」

──中立都市。

在荒野之中發展成形的都市，開始出現在地平線的彼端了。

4

時間回溯到百年之前。

單一要塞領域「天帝國」——

世界被俗稱「帝國」的大國坐擁霸權。全世界有六成之多的國家成了他們的附屬國，帝國繁盛的程度可說是來到了顛峰。

然而就在某一天。

帝國接觸到「星球的祕密」。

——星球的中核噴出了名為「星靈」的不明能源。

星靈會依附在人類身上，授予他們宛如童話故事裡的魔法力量。擁有這股力量的少女或女人會被稱為「魔女」，少年與男人則會被稱為「魔人」。

然而，「這股力量實在太過強大」。星靈術的威力甚至凌駕於大型兵器。為此感到恐懼的帝國子民，開始對寄宿星靈之人展開迫害。

另一方面，寄宿星靈者也不是一直處於打不還手的狀態。

始祖涅比利斯號召了眾多同伴，建立了與帝國互別苗頭的新國家「涅比利斯皇廳」。

帝國試圖滅絕魔女和魔人。

而涅比利斯皇廳則是對帝國燃起報復的熊熊烈火。

世界兩大國家的對抗，即使來到了一百年後的現代，其煙硝味也沒有散去的跡象。

「……明明情勢如此緊繃。」

中立都市艾茵。

一名少女環顧廣場四周。她撐著質地輕薄的陽傘，以嫻淑的姿勢站著，看起來很是優雅。

「這裡也太悠哉了吧？到處都是沒聽過槍聲和爆炸聲的市民，真令人羨慕呢。」

在帝國和涅比利斯皇廳持續百年的爭鬥之中，這座都市未曾插手幫助過任何一方，是以鎮上的人們都展露笑顏，顯得活力十足。

「真棒呀。」

愛麗絲聽著街頭音樂家演奏的曲目，闔上了陽傘。

「愛麗絲大人，您不撐傘了嗎？」

「本小姐可不是來散步的，要是打著傘找人，不是很礙手礙腳嗎？」

她將陽傘遞給隨從——燐。

……雖說灑在身上的陽光有點強烈，但也只能忍耐了。

……要是打著傘，「他」說不定就不會發現到我了。

她環視廣場，認真地打量著每一位觀光客的臉孔。

「燐。」

「小的在。」

「這已經是第三天了，到底是怎麼搞的啊？」

好想見他。

這三天，愛麗絲不惜從皇廳遠道而來，為的就只是見他一面。

明明都這麼用心了，「為什麼伊思卡本人卻偏偏沒有出現呢」！

「昨天和前天也一樣！本小姐可是費盡心思調整王宮的行程才得以跑來這裡，伊思卡為什麼就是不來呢？以前本小姐每次來到此地，就一定會見到他呀！」

「是以前的狀況太離奇了。」

「……這我知道。」

看到燐以一副理所當然的模樣連連點頭，愛麗絲登時不太開心地鼓起臉頰。

她很清楚。

自己（愛麗絲）是皇廳的公主，而伊思卡是帝國兵。出生地和身分都截然不同的兩人之所以能多次相遇，全是憑藉天文數字般的好運。

……可是，本小姐不覺得是這樣。

……即使已經發生過幾次，我還是覺得能再次相見。我正是因為這樣，才會來這裡的呀。

本小姐與他的緣分並未斷絕。

兩人聯繫著極為穩固的命運，即便是星脈噴泉——擁有強大星靈之物也無法斬斷。愛麗絲如此堅信。

「燐，妳不也贊成本小姐前來中立都市的計畫嗎？」

「是的。但那名劍士也可能被捲入星脈噴泉的噴發而殞——」

「他還活著。」

愛麗絲沒等燐把話說完，搖了搖頭說道。

「伊思卡還活著，而他將會和本小姐分出高下。」

「……愛麗絲大人說得是。」

「不過，不然這樣吧，我們昨天和前天都是一起找人的，今天就分頭行動吧。本小姐會朝主街道的另一端尋找。」

「遵命。那我會巡視廣場到入口這一帶。」

「一旦找到伊思卡，就要立刻通知我喔。」

愛麗絲拋下恭敬行禮的燐，以瀟灑的步伐向前邁步。

主子（愛麗絲）快步遠去。

即便只看得到她甩著金髮的背影，也依然十分美麗。而這肯定不是只有燐一個人的感想。

「其實真正理想的狀況，是永遠不要看到他呢。」

目送親愛的主子離去後，燐輕輕地嘆了口氣。

「但愛麗絲大人只要說出口，就聽不進勸了呢……」

這是相當反常的狀況。

沒想到主子會對區區一個帝國士兵如此執著。

愛麗絲當然也知道自己被帝國人稱為「冰禍魔女」，並被視為洪水猛獸的事實。

「我最討厭帝國了。」

「本小姐會摧毀那個國家，創造一個星靈使不會遭受迫害的世界。」

已經不曉得聽她講述過多少次夢想。

而這也是燐的生存價值。她的夢想便是待在愛麗絲的身旁，以左右手的身分完成統一世界的偉業。

然而——

「伊思卡還活著，而他將會和本小姐分出高下。」

燐會覺得她的目的慢慢產生了變化，也是無可厚非的事。

「從摧毀帝國變成了打敗伊思卡」。

而這還不是對伊思卡懷有恨意的關係。對愛麗絲來說，與那名士兵戰鬥似乎是賭上個人尊嚴的表現。

……愛麗絲大人，這麼做萬萬不可。

……照理來說，您的身分之高貴，豈能以區區一名帝國兵為對手！

她是應當登上女王寶座之人。

如今卻被一名帝國兵攪亂心思，這絕不是能坐視不管的狀況。

涅比利斯皇廳並非團結一致。在涅比利斯的三大血族中，其他擁有王位繼承權之人肯定也虎視眈眈地覬覦著女王的寶座。

像是有假面卿坐鎮的佐亞家。

而表面上毫無行動的休朵拉家肯定也圖謀不軌。

就連愛麗絲的親姊妹，也為了女王聖別大典而鞏固起自己的勢力。

「愛麗絲大人，您不該在這種時候為一介帝國兵勞心費神。您應該穩固地招募贊同自己的支持者，鞏固自身的勢力才是。」

正因如此。

「您與帝國劍士伊思卡的緣分，就由我在此一刀斬斷吧。」

這是基於對主子無比的忠誠所產生的行動。

隨從像是要說服自己似的這麼低喃。

5

藝術之花在此地綻放。

中立都市接納了許多厭惡帝國與皇廳之爭的藝術家，使得繪畫和藝術等各種文化在此處蓬勃發展。

這座都市——艾茵乃是歌劇之都。

街頭音樂家盡情演奏各自的曲目，而觀光客們則是佇足聆聽。每每看見這溫馨的光景，就讓人感覺心靈受到了洗滌。

「這也是愛麗絲特別中意的都市啊……」

在火辣辣的陽光底下。

伊思卡找了個被樹蔭擋住的長椅坐下，眺望著廣場中央的噴水池。

「話說隊長，您沒事吧？」

「……呼啊？奇、奇怪……？人家睡著了嗎？」

坐在身旁的女隊長驀地睜開雙眼。

她坐著打起瞌睡，將身子靠在伊思卡身上，還因為整個人差點滑下去的關係，所以是伊思卡撐著她的。

「對、對不起！人家沒做什麼怪事吧？那、那個……應該也沒講什麼夢話吧？」

「只有一點點啦，但都是些聽不出意思的低聲嘟囔罷了。」

那不是緩緩入眠的狀況。反而像是整個人昏厥了一般迅速墜入夢鄉，甚至讓伊思卡感到有些不安。

……隊長昨天似乎沒睡好，也許是疲憊感爆發出來了吧。

……如果能在這裡充分休息的話就好了。

一如陣所言，她似乎真的受到了雙重打擊。

自己化成了魔女。

而特殊任務那過於無理的內容應該也讓她震驚了一番。看來那股緊繃不已的緊張感，在離開帝國後就一口氣鬆懈下來了。

「您可以再睡一下喔。我會留意周遭的。」

「不、不行啦！這樣太丟人了！人家已經是個成熟的淑女了，不能隨便在男人面前露出睡覺的模樣啦！」

「一般來說，淑女應該不會買半票進電影院的吧……」

「那是不可抗力啦！誰教人家去櫃檯的時候，賣票的婆婆居然一邊說：『真是個可愛的女孩兒。』一邊把半價券塞到我手裡呢！」

這位二十二歲的女性，至今依然可以拿著半票進電影院。

另一方面，由於音音對她的評價是「隊長就只有胸部和屁股有好好長大」，有著一副和嬌小身軀很不相稱的豐滿胸臀，是以就某些層面來說，她散發出來的氣質可能不只是「娃娃臉」，而是更為勾人心魄的情色魅力。

「嗯，人家已經睡飽飽了！」

有著這般魅力的米司蜜絲隊長從長椅上起身。

她像是在掩飾害臊似的轉過身子。

「人家去散步一下驅散睡意喔。我會順便買點飲料回來的，所以阿伊就在這裡等吧。」

沒等伊思卡回應，她嬌小的身子便輕巧地蹬跑而去。

只剩下伊思卡一人坐在長椅上。

廣場上雖然充斥著喧騰嬉鬧的一家人或是情侶，但絕大多數都待在噴水池附近，待在樹蔭底下的人並不多。

「把隊長拖離帝國領地，應該是正確的選擇吧？」

這個來自音音的點子。

陣則是推了意願不高的隊長一把。

最後則是由伊思卡將她載了出來。這已經可以說是整個部隊的團隊合作了。

「至少先解決了睡眠不足的問題。晚餐也在這裡吃，為她打打氣吧……接下來就是回到帝都之後了。」

陣和音音目前正分頭行動中。

不在場的兩人，這時應該正在探討壓抑米司蜜絲星靈反應的方法吧。

特殊任務的演習將在後天開始，要是不能在這兩天內解決星紋的問題，那參加特殊任務只會徒增極高的風險。

「入侵皇廳活捉女王……啊。」

說起來，捕捉純血種也是伊思卡自己訂定的目標之一。

一旦成功的話，就有機會讓談和這個過於宏大的目的增添幾分可行性。

純血種泛指涅比利斯的王室。只要能抓到其中一人，皇廳就有很大的機率走進帝國發起的談和舞台。

然而──

「現任涅比利斯女王的價值太過高昂了」。

……假設真的能抓到女王好了。

……帝國——尤其那八大使徒是絕對不可能釋放女王的。

戰爭會愈演愈烈。

為了搶回女王，皇廳肯定會投入所有兵力。

雙方會從至今為止的對峙狀態，轉變成以血洗血、直到其中一方徹底滅亡為止的殲滅戰。這是伊思卡最為害怕的世界末日。

「唉，可惡。八大使徒，我就知道你們在打這個主意。」

「我等也理解你爲和平奮鬥的想法。」

理解歸理解。

但那八大使徒並沒有切入那條路線的想法。

這指的不只是帝國的上層而已，就連涅比利斯皇廳也一樣。持續百年的復仇業火，如今依然在那個國家之中熊熊燃燒著。

「…………我當然明白。」

坐在長椅上的伊思卡仰天抬頭。

「但這條路真的很不好走，完全是一條荊棘之路啊。」

該怎麼掩飾隊長魔女化的真相？

八大使徒發布了特殊任務，一旦失敗就無法活著歸來。

但就算執行特殊任務，真的在萬分之一——抑或是億分之一的好運下成功生擒涅比利斯女王，等待自己的也只有最糟糕的未來。

無論特殊任務成敗與否，都不是伊思卡所期望的未來。

「……還是說，我這只是在鑽牛角尖？」

冷靜一點。

也有可能是自己太悲觀了。

就算情況堪稱絕望，但自己不也曾挺過始祖涅比利斯的襲擊嗎？

情況時時刻刻都在變化。而在遇上這些轉折時，就更應該貫徹自己所相信的那些信念。

「畢竟和愛麗絲交手的時候也是如此啊……」

「有本事逮住本小姐的話，就儘管試試呀。」

「妳才是儘管試著將我排除試試。這能成爲愛麗絲統一世界的一大步呢。」

戰場上的敵人。

宛如水與火般絕不相容，這對彼此來說都是相當明瞭的事情。

然而，在當時的那一瞬間——

伊思卡覺得自己確實與她心靈相通。他們沒有貶低彼此的夢想，而是在認同之後才展開劇烈搏鬥。

只有兩人的戰場。

勝利的一方將獲得改革世界的權利。

……若是能拋開八大使徒和機構司令部一類的枷鎖。

……能讓我與愛麗絲的決鬥化為帝國與皇廳的決鬥的話，那會是多麼清廉高潔的一戰啊。

但這樣的想法不可能會實現。

事情哪有可能盡如人意——

「呼，還真是熱呢。將陽傘遞給燐會不會是失策呢？」

在伊思卡所待的樹蔭處。

一名少女在此時步履輕快地躲了進來。

「走了這麼多路，本小姐的腿都要變成棒子了。都花了這麼多時間去找，結果還是沒看到伊思卡……難道說，至今與他相遇真的都是偶然嗎？」

少女有著一頭耀眼的淡金色長髮。

她紅寶石般的雙眸散發著氣宇軒昂的氣息。

端正的五官之中，血色豐沛的嘴唇顯得格外動人。而那身收腰的連身裙，更是襯托出少女出眾的身體曲線。

這樣的她隨即走近伊思卡身邊。

「不好意思，能容我與您共享這張長椅嗎？」

「……愛麗絲？」

「咦？」

少女認真打量起坐在長椅上的伊思卡。也許是陽光過於刺眼，所以她才沒能好好看清楚自己的長相吧？

而在等待數秒後——

「伊思卡————！」

金髮少女發出了響徹廣場的高喊聲。

她先是露出了吃驚的表情，但臉上的神情隨即宛如撥雲見日般，顯得炯炯有神。

「找到你啦！」

「……咦？不不不，沒什麼找不找的，我根本沒打算躲藏起來啊。」

「不對，你完全不明白！本小姐這三天找你找得多辛苦，你就為此吃驚一番吧！」

「妳在找我？」

「…………啊！」

伸手指著伊思卡的愛麗絲登時僵住身子。

她先是沉默了一陣子，這才貌似害臊地將手指收了回去。

「沒事，本小姐什麼都沒說。」

「真的嗎？」

「當、當然是真的！比起這個……那個……那個……唉喲，明明有好多話想說，結果被你這麼一打岔，害本小姐都忘光了啦！」

我才想這麼說呢——

伊思卡以不至於被少女發現的動作，輕輕按住了自己的胸口。要是不這麼按著，那劇烈的心跳聲恐怕就要被她聽見了。

身體為何會變得如此僵硬，甚至感到緊張無比？

……這種感覺和與她初次相遇的反應十分相像。

……是因為打從被星脈噴泉彈飛之後就沒見面的關係嗎？

彼此的安危一直無從確認。

也因為如此，這次的重逢給伊思卡許久不見的錯覺。

「……啊，那個……」

伊思卡打算開口，卻又不曉得該說些什麼。在他感到迷茫之際，映入眼裡的是自己正坐著的公共長椅。

這椅子能讓三人入座，由於現在長椅上只坐著伊思卡，所以還有兩人份的空位。

「要坐嗎？」

少女大概是在主街上徘徊了好一陣，才終於到廣場來乘涼的吧。只見她的臉龐帶著些許熱氣，已是一片赤紅。

「……我不坐。本小姐和你可是敵人的身分，要是坐在同一張椅子上的模樣被燐看到了，免不了又得捱她一陣罵了。」

「那我起來吧。」

「啊——！」

他在驚愕地半張著嘴的愛麗絲面前站起身子。

請坐。

他伸手招向無人的長椅，微微頷首。

……雖說是敵人，但這裡可是中立都市。

……要是讓疲憊的女孩子一直站著，反而是我會覺得過意不去。

「等、等一下！我知道了。本小姐也不想讓你會錯意，只是想對等以待……我會坐下來的，所以你也坐著吧。」

愛麗絲以嫻淑的動作坐了下來。

她用視線指向空著的座位。

「喏，這樣就可以了吧？」

「——我知道了。」

伊思卡再次坐回原本的位子。

在能讓三人入座的長椅上，兩人隔著一人份的空位，一同凝視著廣場上的噴水池。

「…………」

「…………」

「……本小姐放心了呢。畢竟那天之後就再也沒見過你了。」

細若蚊鳴的低喃聲。

彷彿會被吹拂過廣場的微風蓋過的輕聲細語，從愛麗絲的口中說了出來。

那真的是相當微弱的音量。

伊思卡之所以能聽見，說不定是因為受到順風所助。

「你應該沒受什麼重傷吧？」

她的口氣加強了幾分。

這回她以堅毅說給伊思卡聽的音量說道。

「本小姐可還沒和你分出高下。要是你說那次的傷勢重到得休養整整一年，本小姐可是會很頭疼的。」

「才不會呢。愛麗絲不也一樣嗎？我記得妳好像被轟飛到很遠的地方？」

「本小姐？我、我可是如你所見，一點傷都沒有呢！」

也許是受到關切而感到開心吧。

愛麗絲以莫名有幹勁的模樣挺起了胸膛。

「但這還真是難得，想不到你居然會出現在這裡。」

「很難得嗎？」

伊思卡已經和她在這裡打過好幾次照面。伊思卡會出現在中立都市，理應不是什麼難得的狀況才對。

「本小姐是指你坐在長椅上這件事。」

「……喔，經妳一提，確實是這樣沒錯。」

經愛麗絲這麼提點，伊思卡才有所察覺。

自己正坐在長椅上稍作休息。若是以伊思卡的立場打個比方，那就像是使徒聖無名正坐在這裡休息一樣，是「不可能發生」的狀況。以無盡的體力為傲的使徒聖，怎麼可能會因為在都市裡多走幾步就需要休息？

「你應該不是因為累了，而特意在這裡休息的對吧？」

「…………」

「是不能開口的事嗎？」

「不，我只是有些茫然地在想事情。」

他仰望長椅後方的樹木，看著遮擋日光的枝葉——

「在星脈噴泉一役之後，我們這裡也出了不少事情。所以我一直在為此煩惱，就連今天也不例外。」

「是和帝國的祕密作戰有關嗎？」

「多少也有點關連，只是內容我不能說。」

「這本小姐也很清楚。本小姐可沒打算從你嘴裡探聽口風。」

伊思卡信了她的話，老實地點了點頭。正如他所認知的一樣，愛麗絲只是微微露出苦笑，沒打算對這個話題深究下去。

「那另一個問題呢？」

「妳說另一個問題？」

「你不是說『多少**也**有點關連』嗎？所以本小姐就在猜想，讓你感到心煩的事情是不是不止一樁呢？」

「────」

煩惱的問題之一是關於帝國的特殊任務。

但對如今的自己（伊思卡）來說，占據更多煩惱的還是隊長的事。

……這我倒是沒想過。

……米司蜜絲隊長變成星靈使一事，「要是讓愛麗絲知道了會怎麼樣」？

一旦知曉帝國兵寄宿了星靈，星靈使公主究竟會露出什麼樣的反應？對於伊思卡來說，這是極為單純的好奇心。

當然，他也知道這是絕不能外揚的祕密。

「算是啦。那的確是和帝國作戰無關的煩惱。」

「哎呀，那會是什麼樣的煩惱呢？」

原本坐姿端正的愛麗絲身子一傾，朝自己湊了過來。

表現出興致盎然的模樣。

她的雙眼閃爍著好奇的光芒，很是討人喜歡。

「到底是什麼呀？快告訴本小姐呀。你是那種會為一件事煩惱很久的個性嗎？既然和帝國的作戰無關，那告訴本小姐也沒關係吧？」

「……我當然不能告訴妳啊。」

「放心啦，本小姐的口風很緊。如果是祕密的話，就只會告訴燐而已。」

「那不是一點也不緊嗎！」

這說什麼都不能講出去。

雖說是世界第二大國的公主，但也不過才十七歲，似乎仍是處於愛聊八卦的年紀。

「因為本小姐很在意呀。我倆的交情不是很好嗎？」

「我們不是敵人嗎？」

「是敵人沒錯，但現在是休戰時間喔。」

她恐怕沒有自覺吧。此時的愛麗絲正坐著探出身子，抬起了眼眸拉近距離，眼看就要靠到伊思卡身邊——

「說嘛？」

「愛麗絲大人。」

「呀啊啊啊！」

金髮少女彈起了身子。

她連忙轉過頭，看向無聲無息出現在身後的茶髮少女。

「燐、燐！妳、妳誤會了，我們之間沒發生什麼事！」

「……既然沒什麼事，您為什麼會靠得這麼近呢？」

「都是伊思卡的錯！」

「為什麼是我的錯？」

被愛麗絲指著鼻子栽贓的伊思卡，忍不住也跟著起身。

記得愛麗絲的隨從好像叫做燐。和跳入星脈噴泉的愛麗絲不同，伊思卡並沒有在謬多爾峽谷遇見這名少女。距離上一次見面，已經是好幾週前的事了。

「……帝國劍士，你果然還活著啊。」

隨從少女明顯地板起臉孔。

面對帝國士兵，她會毫不隱瞞地展露敵意也是理所當然的反應。

「先不和你計較了。對了，愛麗絲大人，我找您找很久了。您沒拿陽傘就四下奔走，我猜您想必正在某處休息。這裡是個不錯的地方呢。」

燐從左手包包中取出了罐裝果汁。

那兩罐應該是愛麗絲和她要喝的吧——正當伊思卡這麼想，將果汁遞給主子的隨從卻是將第二罐果汁遞到了他的胸前。

「……拿去。」

「？」

「是你這傢伙的份。就當成愛麗絲大人慈悲為懷賞你的吧。」

少女的臉上滿是不悅。她雖然用上了像是在握持短刀的力道緊掐著罐裝果汁，但那應該是「請你喝」的意思吧。

「快、快給我接下啦。」

「……謝謝。」

冰涼的果汁罐剛好可以撫平發燙的掌心。

「哎呀，燐，原來妳還滿機靈的嘛。」

「送鹽予敵雖非我的興趣，但我也明白因地制宜的道理。」

愛麗絲立刻就將果汁罐湊到了嘴邊。

見狀，伊思卡也打開了手裡果汁罐的蓋子。一股略帶刺激的酸甜芳香隨即搔弄起鼻腔。

「這是蘋果味的嗎？味道有點特別呢。」

「這是檸香蘋果喔。帝國沒有嗎？」

「也許是我沒聽過的品種吧。畢竟我對水果不是那麼了解。」

他一邊說一邊喝起了果汁。

……話說回來，米司蜜絲隊長還沒回來嗎？

……她明明說要去散步，居然已經去了這麼久啊。

浮現在伊思卡腦海裡的，是隊長稚幼的面容。

她也太慢了，是發生什麼事了？

像是左臂上的星紋被人瞧見，引發騷動一類的？

或是寄宿在她身上的星靈忽然在失控之下使出星靈術，遭到都市的警備隊包圍了？

無論是哪一種光景，對現在的隊長來說都是可能遇上的狀況。

「伊思卡。」

「嗯？」

「你又在想事情了對吧？你整個人都在放空耶。」

先一步喝完果汁的愛麗絲，窺探起自己的模樣。

「我說，你到底是為什麼事情這麼在乎呀？」

「……這是祕密。」

「但你不是說和帝國的作戰無關嗎？又沒什麼關係，說給本小姐聽聽嘛。」

「我也是有一、兩個不能告訴別人的……」

祕密。

原本要說出口的話語卻沒能發出聲來。

……奇怪？

……這是……怎麼了？

身體動彈不得。雖然驟失力氣的膝蓋險些就要彎了下來，但他連忙坐回長椅上，沒讓自己癱倒在地。

但這麼做就是極限了。

他沒辦法起身，也無力抬頭仰望眼前的兩名少女。

「伊思卡？伊思卡，你怎麼了？」

「…………」

噹啷，從手裡掉落的果汁罐落到地上。

腦袋裡一片空白——

伊思卡癱坐在長椅上，就此失去了意識。

6

果汁裡被下了毒。

黑鋼後繼伊思卡之所以沒察覺到果汁裡頭的微量毒素，其原因有二。

一是他滿腦子都在擔心依舊沒有回來的上司，所以就算嘗出異味，他也沒有餘力懷疑遭到下毒的可能性。

至於第二個原因，則是他相信愛麗絲絕對不會耍弄這種下流的手段。

但伊思卡誤判了。

因為在飲料裡下毒的並非愛麗絲，而是她的隨從。

═

「伊思卡？伊思卡，欸，你怎麼了？」

躺在長椅上的伊思卡沒有動作。

他閉上眼睛，沒有回應。就算看在愛麗絲的眼裡，也知道狀況並不尋常。

……怎麼了？

……到底發生了什麼事！

即使搖晃他的身子，也沒有任何反應。

伊思卡還有微弱的呼吸，因此他並沒有喪命。但帝國首屈一指的劍士，真的會如此唐突地倒臥不起嗎？

「愛麗絲大人，非常抱歉……」

以愕然的口吻開口——

愛麗絲的隨從戰戰兢兢地睜大眼睛。

「燐？」

「……他中了毒。小的剛才在他的飲料裡摻了安眠藥。」

「妳說什麼？」

自己並沒有下達命令。

燐，妳為什麼要擅自行動——換作平時，愛麗絲早就大聲斥責隨從先斬後奏的行為；但礙於周遭耳目眾多，她只得說完這句話後便暫且打住。

「您、您誤會了，愛麗絲大人……！」

燐慌慌張張地搖了搖頭。

在飲料裡下了毒。她明明是這麼坦白的，為何會表現得如此慌張？

「本小姐就給妳解釋的機會。」

「小的原本以為，這名劍士絕對不會喝我下過毒的飲料。我所下的毒帶點微微的酸味，而事實上他也確實嘗了出來。」

——這是蘋果味的嗎？味道有點特別呢。

經他這麼一提確實是如此。

愛麗絲雖然誤會了伊思卡的意思，但他確實這麼說過。

「說起來，小的原本以為他絕對不會接過我提供的飲料，所以才會如此慌張。」

「……那妳為何要下毒？」

「只要有『皇廳(我國)下過毒』的事實就十分足夠了。」

燐俯視著昏倒的少年說道：

「小的就坦承相告了。依我判斷，只要嘗得出皇廳方所下的毒，那這名劍士說什麼都會將愛麗絲大人視為威脅。就算以後在中立都市見了面，也不會一派輕鬆地向您搭話。」

「唔！燐，妳這是……！」

「愛麗絲大人和這名劍士之間有著扭曲的聯繫，而小的希望能就此一刀兩斷。因為愛麗絲大人是應當成為我國女王的大人物。」

「…………」

「現在不是惦記一名帝國小兵的時候了。在愛麗絲大人出國遠行的這段期間，女王聖別大典的競爭對手們也正野心勃勃地鞏固勢力。」

愛麗絲無言以對。

因為對於以下任女王為目標的人來說，隨從的話語無疑是「正確答案」。皇廳內的鬥爭就是激烈到這種地步。

光是現任女王的直系——露家就有愛麗絲的姊姊伊莉蒂雅和妹妹希絲蓓爾存在。

至於其他的兩大血族則是——

「星星充斥著怒火。」

「應當憑藉星靈之力弭平帝國才是。現任女王的作法實在太溫吞了。」

無論是有假面卿坐鎮的佐亞家。

或是表面上沒有行動的休朵拉家都是對手。

若要成為女王，首要之務就是讓自己成為露家三姊妹的代表，並在女王聖別大典中勝過佐亞家和休朵拉家的人選。

「然而，小的卻沒料到他會上當……」

設下圈套的燐俯視睡著的少年，露出了震驚的神情。

「而他甚至還露出了香甜的睡相，真是教人不快。」

「是呀，他睡得可真熟，感覺得出他行有餘力的自信呢……」

少年橫躺在長椅上頭。
是因為安眠藥的藥效太強的關係嗎？
還是說，就連這副睡相也是自信的表現？
他的睡臉就是如此安穩，讓愛麗絲和燐看了為之心暖，甚至懷疑起這人是不是正在裝睡。
「……看來是我的評估有誤。早知如此，一開始就不該用安眠藥，而是致死的毒藥──」
「燐。」
愛麗絲制止了隨從逐漸火爆的言論內容。
……真是的！
……在伊思卡眼裡，對他下毒的人豈不就是本小姐嗎！
幸好摻的是單純的安眠藥。
然而，在他醒來的時候，自己究竟該怎麼道歉才好？伊思卡又會原諒自己嗎？
「愛麗絲大人，您不需為此掛心。」
「不是的，燐，不是那樣的。本小姐……」
就算燐不說，她也很清楚。
沒錯。

「自從在中立都市遇見你後，本小姐的內心就一直積累著難以形容的躁動。」

「身爲公主，有這樣的想法實在太不及格了。我今天就是爲了斬斷這份迷惘而來的。」

自己對他抱持著特殊的情感——這點就暫且承認吧。雖然不曉得這情感的真貌為何，但自從首次於中立都市相見，這份情感就揮之不去。

待在王宮的每一天裡也一直——

無論是用餐還是晚上就寢時，他的聲音和身影都烙印在自己的腦海中。

愛麗絲知道，自己若要維持涅比利斯皇廳公主的身分，就得抛開這片霧靄。若要澈底抹去，就有必要與他分出高下。

明明是這樣的——

「啊啊，真是的！燐，妳打算怎麼善後！本小姐沒辦法接受這種結果！」

「答案只有一個。」

「咦？」

「把他押走吧。」

燐將他的身體抱了起來。

雖說能輕鬆地抱起比自己更高大的男子確實值得稱讚，但問題在於——

「妳、妳是什麼意思！等一下，燐，妳、妳說押走他……是要帶去哪裡！」

「皇廳。若他身負前任使徒聖的身分，那就能成為很有價值的俘虜。」

愛麗絲澈底明白何謂「懷疑起自己的耳朵」。

不僅在中立都市對人下毒，還要大剌剌地把人擄走？

「沒有人會注意到我們的舉動。他們只會覺得這是一名玩到累倒的遊客，以及出手照料他的兩名女性朋友而已。」

只要不曝光就沒事。即便身處於中立都市之中，只要沒有目擊者在場，就不會留下皇廳動手的證據。

燐的意圖確實相當合理。

然而，身為涅比利斯皇廳的公主，她不能放任這樣的行為發生。

「妳是認真的嗎？不行呀，在中立都市動手是不允許的！」

「我們已經動手了。」

抱著伊思卡的燐邁步走出。

「我不是指這件事。要是把他帶回皇廳……」

等待著他的將會是拷問和無期徒刑。

若是查出他前任使徒聖的身分，說不定還會視為不得久留的危險分子，就此遭到處決。

……不行，絕對不能讓事態發展到這一步。

……本小姐說什麼都不允許我倆的關係用這種方式結束！

「燐，不能這麼做，這是我的命令！絕不能把他帶回皇廳，尤其是中央州！妳想想看，要是伊思卡逃脫的話，肯定會釀出一陣大騷動，畢竟王宮也近在咫尺而已。」

愛麗絲拚了命地動腦思考。

努力擠出能讓燐收手的理由。

「要是伊思卡在中央州胡亂大鬧，狀況會變得很糟糕的。本小姐沒說錯吧？」

「……小的明白了。」

抱著他的隨從瞬間停下腳步。

「那就前往第十三州厄卡托茲吧。在皇廳的聯邦州中，那是離這裡最近的。」

「妳說厄卡托茲？」

「是的，那是監禁這名男子的最佳地點。」

這個提議的弦外之音——

身為公主的愛麗絲隨即就察覺了，她知道自己的隨從在打什麼如意算盤。

但這樣真的好嗎？內心還殘留著些許迷惘。就這麼把伊思卡擄走真的是正確的嗎？

……現在還來得及，就此停下腳步吧。

……只要沒人目擊皇廳對帝國士兵下藥的行徑，就還有轉圜的餘地。

在這裡等伊思卡清醒，然後向他道歉吧。

讓這件事就此小事化無。

但就在下一瞬間，愛麗絲的盤算落空了——

「……阿伊？」

這是愛麗絲曾耳聞過的可愛嗓聲。

購物袋掉落在地的「啪唰」聲也一併傳來。

「唔！」

愛麗絲轉身看去——

只見一名帝國士兵正從廣場的噴水池處，走向被樹蔭遮蔽的這座長椅。

是女隊長米司蜜絲。

「被看見了」。

而在這一瞬間，愛麗絲便作好了不再回頭的覺悟。在看到被燐抱著的伊思卡後，女隊長（米司蜜絲）肯定能立刻作出這番推測——

——皇廳的公主對帝國士兵動手了。是下毒了嗎？

就算放下伊思卡離去，如今也已經出現了目擊者，如此一來，皇廳打破中立都市禁忌的事實將會變得廣為人知。

「阿、阿伊————」

「別大聲叫嚷！」

她發出威嚇的話語。

愛麗絲以強韌卻又不至於傳到廣場中央一帶的音量吼道。被話聲震懾的女隊長——米司蜜絲僵住了原本要跨出的步伐。

……不是的！本小姐並沒有這個打算！

……但因為妳走過來了，所以我也無法回頭了。

然而，她不能流露出這份情感。

在面對帝國士兵米司蜜絲的狀況下，愛麗絲身為皇廳公主絕不能露出懦弱的一面。

「這名劍士乃是皇廳之敵。」

愛麗絲咬著臉頰內側的肉，像是硬擠出話語似的這麼開口。

對著愕然呆立的女隊長作出宣言。

「我把人帶走了。」

「…………………」

「我們會將他押送至皇廳第十三州厄卡托茲。這名劍士是我們的俘虜，釋放人質的條件將會稍後送達，妳就慢慢等吧。」

「……唔…………」

女隊長的臉頰抽搐了起來。

自己的部下在眼前淪為人質，而且還發生在中立都市。無法原諒這種行為？這是理所當然，愛麗絲也痛切地明白這層道理。

「本小姐和妳說定，這名劍士的性命——」

「『卑鄙小人』！」

情緒潰堤了。

娃娃臉的嬌小女隊長頂著漲紅的臉，壓低音量這麼吼道：

「妳們對阿伊做了什麼事！明明知道這座城市是什麼樣的地方，還用上這種下流的手段，這難道就是魔女（妳們）的作法嗎！」

「……我沒有回答的義務。」

即使在此辯解「這不是公主（愛麗絲）我的本意」，也於事無補。

問題在於接下來該怎麼做。

得想想以人質身分遭到押解的伊思卡接下來的處置。而就在思考這個部分的時候，愛麗絲和燐隨即為眼前衝擊性的光景嚇得寒毛直豎。

「把阿伊────還給我！」

星靈光芒乍現。

在女隊長哭喊的瞬間，她的左臂噴出了閃爍著螢光色光輝的亮綠色光芒。即使披著外套，也絲毫遮掩不住那道強光。

而那道光芒，愛麗絲和燐才在幾天前親眼目睹過。

那是星脈噴泉的光芒。

愛麗絲還記得，伊思卡和她曾一同墜入那道強光的噴出口之中。

……星脈噴泉早已瀕臨枯竭。

……根據假面卿的預測，星靈已然回歸至星球的中核之處。

但他錯了。

在女隊長米司蜜絲左臂上綻放的光芒才是真相。

「『該不會』——」

光芒加劇，這是星靈術即將發動的徵兆。

不妙。這名隊長身上肯定已經寄宿了星靈。然而她並不是星靈使，因此不可能知曉控制星靈的法術。

激動的情緒，會引發星靈術失控。

「凍結吧！」

「唔！」

愛麗絲的星靈凍住了女隊長的腳底。

動作受制的她登時跌倒在地。冰塊應該很快就會融化，加上草坪遮掩住寒冰，能避免這座廣場出現目擊者。

「……本小姐已經刻意手下留情了，因為妳已經成為星靈使了。」

這並不是自衛反擊。

愛麗絲之所以會施展星靈術，是為了保護米司蜜絲。

「本小姐不曉得妳身上寄宿著何種星靈，但妳若是不受控地施放星靈術，那妳將會成為打破中立都市規矩的罪人。」

「——」

「燐，我們走吧。」

愛麗絲自動彈不得的女隊長面前轉身，邁出步伐。

同時咬緊了嘴唇。

Chapter.2　「星之贗品」

1

帝國議會——

別名「無形意識」。

會有這樣的別稱，是因為議事堂的位置從未記載在任何一份地圖上所致。

若有需要，議事堂的地點會由上司以口頭形式告知部下，絕對不會記載在書面文件上。

帝都地下五千公尺處——

溫度其實已經來到了一百五十度。

這是連地底的微生物也不知能否生存的星之深淵。唯有搭乘中央基地設置的巨大電梯，才能抵達此處。

『對我們的計畫沒有任何干擾。』

『對於身為使徒聖第五席的妳來說，此事應當不須掛心。』

『視特殊任務為第一要務吧。』

在使徒聖璃灑所仰望的牆面。

設置在牆上的螢幕亮了起來，映照出八名男女的朦朧身影。

八大使徒。他們乃是執帝國牛耳的八人，但為人所知的，恐怕只有他們的名字而已。

僅有身形的輪廓呈現在螢幕上，就連體型都難以辨識。

他們真的是人類嗎？會不會只是由人工智慧所模擬出來的人類？就連帝國議員都曾公然將這樣的疑問宣之於口。

「還真是意外呢。」

對於這些話語，女使徒聖凝視著八人，口吻顯得不疾不徐。

「黑鋼後繼伊思卡——就咱看來，對他展露出不尋常執著心的，正是八大使徒各位吧？畢竟他是向『那個男人』拜師的劍士啊。」

他們沒有回應。

八大使徒的沉默意為「肯定」。而能正確理解箇中含意的，恐怕縱觀帝國全土，也只有包含璃灑在內的寥寥幾人吧。

「他被冰禍魔女擄走了，而且還是發生在中立都市。接獲這則消息的當下，就連咱都有點吃驚呢。」

伊思卡遇上了冰禍魔女。

根據米司蜜絲隊長的報告，他似乎有可能被下毒了。

「涅比利斯皇廳是被帝國稱為怪物巢穴的國家。就咱的印象，他們應該下過嚴令，嚴禁星靈使做出有損形象的行為吧？」

『正是如此。』

『皇廳除了在戰場上，總是表現得像隻裝乖的貓一樣。』

『他們不會在民眾面前露出獠牙。』

「是呀。所以咱也誤判了。」

在中立都市裡絕對不會受到襲擊——這是連璃瀰都深信不疑的前提；結果卻收到了這樣的報告。黑鋼後繼伊思卡想必也有同樣的心情吧？

也就是——「怎麼可能會有這種事？」

而在有所懷疑的時候，他已經中毒倒下了。

「『真是傑出的一著』。」

『是啊，手法著實精妙。』

『魔女們在行動時，會避免自己的形象遭到扣分。中立都市的魔女都不會動手——正因為這樣的事實廣為人知，這回的奇襲才會奏效。』

這是針對精通魔女知識的伊思卡所進行的反向操作。

由於在中立都市艾茵所發起的「攻擊行動」並沒有遭人目擊，因此皇廳不會受到中立都市同盟的非議。

這是何等高明的手腕。

璃灑若是在場的話，肯定會誇他們幾句吧。

「這種作法不符合純血種的作風，就咱的猜測，那肯定是側近作出的判斷吧。冰禍魔女有個相當優秀的部下呢。」

這時——

說完這些話後，女使徒聖推了一下鏡框。

「我們言歸正傳吧。關於被擄走的他——」

『我等不是已經作出回答了？』

同一個問題別問兩次。

帶著巨大壓力的弦外之音。

『視特殊任務為第一要務吧。』

『黑鋼後繼伊思卡乃是那名男子的繼承人，他會憑一己之力歸來。若他辦不到的話，就只是代表星球的命運就此斷絕罷了。』

「可是呀。」

對於這番主張——

璃灑的回應卻是極為輕佻。

「咱原本也是這麼打算……然而，天帝陛下卻對咱說了句『且慢』。」

『唔！』

『什麼？』

天帝詠梅倫根。

是這單一要塞領域「天帝國」的支配者與象徵。

這一任的天帝究竟是誰，而過去歷經了什麼樣的過程遴選繼承，對於帝國國民來說，這是他們無從知曉的脈絡。

知曉天帝詠梅倫根真身的，只有八大使徒，以及包含璃灑在內的高階使徒聖。

雖然一度升上使徒聖，但屈居末席的伊思卡並沒有與天帝見面過。

「陛下的意思，是伊思卡這枚棋子還有必要留在棋盤上。重點是他所持有的星劍——沒了那對星劍的使用者，似乎讓陛下不太放心呢？」

『…………』

『真是位難以捉摸的大人。』

嘆息聲接連傳來。

『那麼璃灑，妳打算怎麼做？』

『無論如何，妳都已經擬好好幾種方案了吧？』

「已經查明他被帶往的目的地了。」

在薄薄的鏡片底下。

女使徒聖的嘴唇向上揚起。

「涅比利斯皇廳第十三州厄卡托茲，俗稱『監獄區』。還真是個好地方呢。」

『喔，記得那裡似乎……』

『是囚禁了**那個**「超越者」薩林哲的地方呢。』

『曾向前任涅比利斯女王高舉反旗的異端魔人。那人的星靈極為罕見且極為強大。若能讓他擺脫牢獄之災——』

八大使徒的話聲中帶了些冷笑。

他們也立即理解璃灑的意圖。

『有趣。雖不認為那位「超越者（薩林哲）」有那麼容易攏絡，但有一試的價值。』

『若計畫順利的話，就有機會給特殊任務帶來正面效益，這說不定能成為一道順風。』

『璃灑，妳也要全力以赴。』

「咱也有這個打算。」

使徒聖第五席淡淡地回應：

「如今的風向正佳，八大使徒（各位大人）就維持原令推動特殊任務，至於咱就去幫第九〇七部隊亡羊補牢吧。」

女使徒聖恭敬地行了一禮。

身兼天帝參謀的女使徒聖隨即蹬起軍靴，離開了議事堂。

2

帝都詠梅倫根——

屬於軍事區域的第三管理區，緩緩地抹上一層黃昏色。

宛如正在燃燒的夕陽沉入地平線的彼端。

再過不了多久，藍與黑的混色就會覆蓋整片天空，閃爍的星光也將映入人們的眼簾。

——這樣的景色從窗外映入。

陣面向厚重的強化玻璃，暗自嘆了口氣。

「被那些傢伙擺了一道。在中立都市遇襲的話，確實是無計可施。」

會議室的桌上放置著兩把對劍。

陣轉頭望向一黑一白的「星劍」，它們如今是無主之物。這雙劍的主人想必已被帶離帝國，正在前往遙遠皇廳的路上。

「中立都市禁止裝備武器，所以伊思卡也交出了星劍。在那樣的地方遇上冰禍魔女，然後又遭受襲擊的話，就算是我也只能舉白旗投降了。」

「……………」

「話說，他居然是被下毒的？是被打了針，還是被用細針刺中的？最讓人在意的還是她們使用的手段啊。那些傢伙到底是用了什麼樣的手法，才能在人聲鼎沸的廣場上對伊思卡下毒？」

而且還沒有任何目擊者。

只要被任何一人目擊到，就會發展成國際性的醜聞。畢竟這等同交出把柄，讓帝國有向全世界宣揚魔女在中立都市作亂的機會。

魔女果然是窮凶極惡的存在。

一旦中立都市同盟認定她們會構成威脅，涅比利斯皇廳便會遭到孤立。

「是她們很有把握嗎？對手可是那個伊思卡，居然能在他無從反擊的狀況下對他下毒？」

就連陣也無法輕易想像出那樣的場面。

向伊思卡下毒，還能不被聚集在廣場的觀光客發現——這樣的手法真的存在嗎？

「喂，音音？」

「唔嗯……音音也想不到耶。」

隔著桌子就座的馬尾少女，此時正無力地趴倒在桌面上頭。

看起來甚至像是受到「伊思卡被擄走」的打擊太大，沒辦法好好動腦思考的樣子。

「會不會是在飲料裡下毒呢？伊思卡哥如果喝下去的話，就不會被周遭的人們發現。」

「那傢伙哪可能把加了料的飲料喝下肚啊？如果被皇廳的人請喝飲料，當然就該直接退回去……算了，在這裡想破頭也無濟於事。」

他使了個眼色。

目標是坐在面前卻側著臉就座的女隊長。

「妳說目的地是涅比利斯皇廳第十三州厄卡托茲，應該沒錯吧？」

「……嗯、嗯。」

「伊思卡被帶往那裡了。雖然不曉得冰禍魔女為何要特地把目的地說出來……大概是認定我們無從侵入，才會用這種方式作出勝利宣言吧。」

然而——

在這次的時間點上，有機會讓固若金湯的皇廳變成千瘡百孔的蟻穴。

「……人家要去救他。」

米司蜜絲以右手用力掐住了自己的左肩。

她咬緊臼齒說道：

「人家要去救阿伊。音音小妹，阿陣，拜託你們幫幫我。」

「哪有可能不去救他啊。」

對陣來說——

這名女性憑藉剛強的意志忍住眼淚的模樣，其實並不陌生。

她有堅強的心靈。

若非如此，她也無法擔任帝國軍的隊長一職。若非如此，陣、音音和伊思卡，就不會聽從她的號令了。

「也不曉得該說是幸運還是不幸運，這次軍方為我們準備了突破皇廳國境的方法。雖然順著八大使徒的意圖行動教人敬謝不敏，但這樣的狀況下倒還有點勝算。」

「陣哥，你是指特殊任務對吧？」

「沒錯。璃灑說過『有辦法』。」

「就算是帝國人，也有辦法侵入皇廳的喔。」

「你們就好好期待三天後吧。」

若說入侵皇廳的目的是生擒涅比利斯女王，那麼就算加上拯救伊思卡這項任務，也不會提升多少難度。

「光是打算生擒女王就已經是徹頭徹尾的強人所難，就算把營救伊思卡當成附加任務，也不會改變任務的難度。畢竟成功率再怎麼樣也不會低於零。」

「阿陣，這種思維一點也不積極正向啦！」

「成功率根本無關緊要。只要我們的幹勁能有所提升，不就足夠了嗎？」

從不情不願參加特殊任務。

轉變為說什麼都要參加的心境。

「還是說，使徒聖大人，就連這樣的狀況也都在妳的算計之中嗎？」

「怎麼可能啦～」

聲音從會議室大門的對側傳來。

宏亮的女聲搭配著老神在在的口吻，透過金屬門傳了進來。上了自動鎖的門——在這時遭到強制開鎖，被打了開來。

「就只有這起事故不在咱的意料之內。還真厲害呢。感覺該為皇廳的手法拍拍手呢。」

「是啊，我也才在聊這件事。」

陣凝視的是——璃灑。

她雙手抱著一個純白金屬箱緩緩走向房間中央，接著將看似沉甸甸的箱子放到桌上。

「呼。三位，讓你們久等了。這次真是讓你們吃足了苦頭呢。」

「別說得事情好像已經結束了一樣。」

「喔，真不好意思。也是呢，就連米司蜜絲也才剛剛抵達吧？妳好像是一路開車狂飆，一直到這般深夜才終於抵達帝都的樣子呢。」

「————」

璃灑的目光看向眾人的隊長。

坐在桌前一動也不動的米司蜜絲，遭到璃灑唱名的瞬間，像是清醒過來似的抬起臉龐。

「璃灑。」

「咱知道啦——小伊伊原本也是咱使徒聖的一分子，而就算沒有那份情誼，咱也還有很多任務想交給他去辦呢。」

使徒聖第五席「叩」地敲了一下設在牆邊的白板。

「咱就先整理一下來龍去脈吧？今天午間，小伊伊在中立都市艾茵遭遇冰禍魔女，並在對方的某種手段下中毒暈厥，被她們帶離了都市外頭。至於她們的目的地當然是皇廳——對吧，米司蜜絲？」

「對……對呀。她們說要去名為厄卡托茲的地方。」

「那是離中央州有好一段距離的另一個州，俗稱『監獄區』的地方呢。那是最適合用來監禁小伊伊的地方，相當合情合理。然後呢——」

陣、音音和米司蜜絲。

璃灑依序掃過眾人，像是在觀察表情似的，露出了甜美的笑容。

那是看不出真實情緒的笑容。

「也不曉得該說幸運還是不幸運，第九〇七部隊（大家）獲得了闖越皇廳國境的方法。『就在這裡面』喔。」

放在桌上的白色金屬箱。

那個箱子大到璃灑只能勉強環抱，大概約與小型犬的狗籠相仿。箱蓋被上了四道之多的金屬鎖，而璃灑正熟門熟路地一一解開。

「要感謝咱喔？這原本是後天才能準備好的東西，但為了小伊伊，咱可是快馬加鞭趕出來了呢——好了，看這裡。」

璃灑解開箱蓋，將箱子打開。

下一瞬間，宛如水蒸氣般的白色煙霧從箱中竄起。不過和水蒸氣不同的是，這陣白霧冰冷得嚇人。

「呀啊！好、好冰喔……！」

「啊，抱歉啦，小音音。若不是低於零下五十度的溫度，『就沒辦法封住這東西』。」

黑色的筒狀物被白色的冷氣包圍。

無論是長度或粗度，都是成年人能單手握持的大小。形狀感覺像是細一些的手電筒——璃灑從箱子裡取出了其中一根，隨手拋了出去。

「喏，這是陣陣的份。」

「……這容器是什麼來頭？材質是合金嗎？」

散發著寒氣的筒形容器。

陣握住容器，感覺到一股沉甸甸的重量。大概是因為容器是由相當堅固的金屬所打造的，才會如此沉重吧。

「就如大家所知道的那樣，不是星靈使的人類若想入境涅比利斯皇廳，就會受到百般刁難；這是因為過程中必須出示身分證，或是接受星靈審判的關係。」

只要有身分證，就能證明自己「來自帝國之外」。

而若是執行星靈審判，就能當場確認該員身上是否有能作為星靈使證明的星紋存在。

會遇到的狀況是二者其中之一——

過去帝國軍方所鑽研的是前者，也就是偽造身分證。他們試著將中立都市的居民證上的文字模造化，藉此闖越關卡。

「唉，過去的血汗工程應該可以省略不提吧？帝國軍雖然花上了整整一百年試圖侵入皇廳，但到頭來都是三兩下就遭到識破。不過呢——」

璃灑自己也抓緊了黑色的筒狀容器。

然後——

「但咱覺得這回可行喔～」

她擰斷了筒狀容器的蓋子。

隨著銜接處傳來了「劈哩」的斷裂聲——

刺眼的光粒從容器中噴灑而出。

宛如噴泉一般。

從容器中噴出的光粒，甚至竄升到會議室天花板的高度。

「這是星靈能源嗎！」

「陣陣答對囉。這是『奧門』研究員齊心協力打造的科技結晶喔！」

單一集聚智能體奧門。

在嚴禁研究星靈的帝國本土內，這是唯一獲准研究星靈的機構。

「……是帝國高層的提案嗎？」

陣用力掐住黑色圓筒，嘆了一口氣。

「真是亂搞一通。居然瞞著帝國士兵（我們），把星靈研究到這麼透徹的地步了。」

機構司令部。

使徒聖。

八大使徒。

世界最大國的首腦們，肯定早在數十年前就暗中推動了這項研究。

「音音，看來我們要被當成實驗品了。」

「咦？陣哥，那是什麼意思？」

「——是這個意思喔，小音音。」

璃灑抓住少女的左手掌，二話不說地將筒狀容器的前端按了上去。

就像用印章型注射器幫人接種疫苗一樣。

——星靈能源照了上去。

「哇！璃、璃灑小姐，這是怎麼回事？」

「放心、放心，不會痛對吧？很快就結束了，忍耐一下喔。如果能忍住不哭的話，之後姊姊會請妳喝飲料的。」

雖然語氣輕佻，但使徒聖的眼裡沒有笑意。

璃灑沒理會音音驚惶的反應，緊掐著她的手腕，對著手背持續進行照射。

「音音小妹？等等，璃灑，妳在對人家的部下做什麼呀！」

「嗯，就如妳所見啊。」

過程大概有二十秒左右吧。

在璃灑終於放開音音手腕的時候，她手中握持的黑色筒狀物，已經不再散發出星靈能源的光芒了。

就像一支沒電的手電筒一般。

「怎麼樣，小音音，有什麼感想？」

「…………」

馬尾少女說不出話來。

因為她凝視著「浮現在手背上的紅色星紋」，嚇得花容失色。

「……音音變成魔女了嗎？」

「就只有手上那層皮是喔。」

女使徒聖將釋盡能源的容器扔進箱子裡頭。

「啊，順帶一提，這個效果只有一個星期。」

「咦？」

「就算去海邊做日光浴曬黑皮膚，也很快會變回原本的膚色對吧？道理跟那個一樣喔。這是將星靈能源集中射出，只讓皮膚上頭產生星紋的機器啦。」

星之斑紋浮現在音音的手背上。

不過，那顏色確實比真貨黯淡許多。

「假裝變成了星靈使，然後靠這玩意兒通過皇廳國境的星靈審判對吧？」

「就是這樣。喏，小音音，接著幫陣陣蓋上星紋吧。」

「呃……那個……」

「等等，音音，這種時候要先從長官做起。我去幫隊長蓋星紋。」

陣制止了音音的反應。

他手持黑色圓筒——星靈光照射裝置，走到了米司蜜絲隊長身旁。

「喂，使徒聖大人，這光不管照哪裡都有效吧？」

「嗯。要照手或腳都可以喔。不過盡量照在不明顯的地方吧。」

這裡是帝國的軍事設施。

要是出現身負星紋的隊員，恐怕會鬧得一發不可收拾吧。

「就是這樣，隊長。既然哪邊都行，那就蓋在左手吧。捲起袖子把肩膀露出來。」

「……咦？那、那個，阿陣……」

「『我再說一次，把左肩露出來』。」

為了不讓使徒聖看見，他用自己的背部作為掩護。

米司蜜絲戰戰兢兢地捲起袖子露出上臂。這時陣悄悄地將貼在上頭的醫療繃帶撕了下來。

——露出綠色的星紋。

陣對著已經存在的星紋按下了照射裝置。

「這樣就行了吧，使徒聖大人？」

「讓咱看看。哦？弄得挺漂亮的嘛。嗯嗯，比小音音的星紋亮度更強呢，感覺就像是真貨一樣呢。」

「啊、啊哈哈哈？討、討厭啦，璃灑，妳真愛說笑……呃，喏，這是因為人家的肌膚很敏感，隨便照點陽光就會曬黑的關係啦。」

看到璃灑饒富興味上下打量的反應，米司蜜絲連忙將左肩遮了起來。

遮住真正的魔女星紋。

——原來如此，真不愧是陣哥！

——這是當然。

看到音音睜亮雙眼使了個眼色，陣隨即不發一語地點頭回應。

在人工星紋消失之前的一個星期內——至少在執行特殊任務的期間，米司蜜絲隊長的星紋將不會遭人懷疑。

時間很充裕。

這已經能爭取夠多的時間去營救伊思卡了。

「喂，音音。」

「啊，對喔，陣哥。你要蓋在哪裡？額頭？臉頰？還是手上？」

「兩手以外的地方。要是這光芒有副作用，害得手沒辦法用的話可就遭透了。要是手不能動就不能開槍了。還是蓋在腳上吧。」

右腳踝。

真正的魔人與魔女，其星紋的所在之處也是各有不同。

更進一步來說——

軍方也曾收到星靈愈強，星紋就愈是巨大的報告。比起陣和音音的人工星紋，米司蜜絲的星紋更是大上了一號。

「如此一來，咱就讓你們作好穿越皇廳國境線的準備啦。」

璃灑回收能量用盡的照射裝置。

她恐怕是要拿去補充能源，以便再次使用吧。她將裝置塞進充滿寒氣的箱子，再次蓋上箱蓋層層鎖緊。

「有十二支部隊——總計五十一人將會受到同樣的『手術』。」

「我們之外的精銳部隊也要？」

「沒錯。然後這一次啊，帝國首腦想要的是皇廳的國境線資料喔。咱們派出的十二支部隊，全都會派往不同的國境關卡闖關喔。」

「……這不就是單純的實驗嗎？」

陣明白了。

特殊任務只是徒有其表，這是帝國首腦推行的資料收集計畫。

「涅比利斯皇廳是由十三州所構成的聯邦國家，有十二個國家緊鄰著原始的涅比利斯皇廳國，形成了現在的版圖。」

「是呀。然後小伊伊如今被拐到了第十三州（厄卡托茲）。」

「於是我們就要前往那個第十三州的國境關卡，嘗試侵入皇廳。是這樣沒錯吧？」

另外十一支部隊也一樣。

圍繞中央州的一共有十二州。軍方是打算從每一處的國境展開侵入吧。

保衛國境的士兵數量為何？

監控裝置是用哪種類型？

他們打算地毯式地蒐集資料。

「尋找哪個國境關卡最好侵入——收集這些數據，就是特殊任務的真正目的吧。只要找出易於侵入的國境，下次就能投入十倍，甚或是二十倍的精銳部隊殺進內部。」

「對對，陣的腦筋真靈光，省了咱很多事呢。」

第九〇七部隊（你們幾個）要當這次實驗的白老鼠。

使徒聖第五席爽快地承認了這樣的事實。

說得極端一點，這次的十二支部隊之中，只要有其中一支部隊成功侵入皇廳就行了。

就算剩餘的十一部隊全數在國境被逮也無所謂。畢竟就算被抓，也能得到「這處國境關卡相當危險」的資訊。

「妳可真老實啊。」

「還不是因為陣陣很敏銳嘛～況且，咱相信無論怎麼回答，第九〇七部隊都會卯足全力好好幹呀。」

璃灑靈巧地眨了眨單邊的眼睛，拋了個媚眼。

「帝國真正想要的，是各位接受手術後產生的人工星紋資訊，也就是『這種仿製品是否真能侵入涅比利斯皇廳』的調查。只要能平安闖越國境，特殊任務可說是完成了九成喔。」

「涅比利斯女王的生擒作戰呢？」

「那當然也會讓各位繼續執行啦。既然難得都侵入涅比利斯皇廳境內了，怎能不攻打一下王宮呢？只不過——」

停頓了一拍後。

戴著眼鏡的女使徒聖，再次環視起身旁的三人。

「要是讓這十二支部隊傾巢而出潛入王宮，未免也太惹人注目了。若是有超過五十個之多的陌生人突然造訪王宮，就算身上帶有星紋，不免還是會令人滋生疑竇吧？」

「那當然。」

「所以呢，八大使徒的各位也考慮到了這層風險。喏，米司蜜絲？」

「嗯、嗯？」

原本按著自己左肩的米司蜜絲隊長，這時慌張地端正坐姿。

「第九〇七部隊在闖過涅比利斯皇廳的國境之後，就去搜尋潛藏在第十三州的小伊伊吧。然後，要是找到小伊伊的話……」

「要是找到的話？」

「就大鬧一場吧。」

巧笑倩兮。

使徒聖第五席露出了宛如這般誇飾的滿面笑容。

「第九〇七部隊要在第十三州大鬧一場。而其他的十一支部隊，咱也會要其中一半在各個州裡鬧事。這次混亂的規模之大，會連涅比利斯王宮所在的中央州都為之震盪喔。」

「原來如此！趁我們鬧事，讓中央州感到動搖的期間——」

「嗯，剩下的部隊就會侵入王宮。米司蜜絲也變得聰明多了嘛。」

璃灑再次拋了個媚眼。

為了營救伊思卡而侵入皇廳。而這正巧與特殊任務的執行不謀而合。

理解到這一環的米司蜜絲斂起神情。

「米司蜜絲也露出很棒的表情了呢。那麼，咱還有準備一類的事情得忙，就先行告退啦。之後就看第九〇七部隊的本事了。咱很期待你們能突破皇廳的國境喔？」

她再次抱起帶來的金屬箱。

「拜拜～下次就在當地見面啦。」

當地是什麼意思？

為此感到困惑的三人還來不及詢問，使徒聖便消失在房門之外。

Chapter.3　「縱使想分離也離不開」

1

涅比利斯的雙生子——

姊姊是寄宿了最為強大星靈的始祖涅比利斯，被帝國以大魔女稱之，她窮其一生，僅憑一己之力便擋下了帝國士兵的侵略。

至於雙胞胎妹妹，則一手創建了「皇廳」。

被後世稱為涅比利斯一世的她，為了獲得與帝國這巨大軍事國家一戰的力量，將心力傾注於擴張領土上。

——她讓十二個國家化為附屬國。

讓帝國聞風喪膽的「魔女們的樂園」——亦即原本的皇廳領土成為中央州，再加上十二州後，就成了由十三州構成的聯邦國家。

涅比利斯皇廳。

第十三州厄卡托茲——

之所以呈現由鋼鐵色大樓所構成的市容，是這座都市過去曾多次受到帝國軍攻打所致。

厚重的都市叢林，足以承受帝國軍的火砲攻擊。

冰冷的水泥牆毫無生機，對愛麗絲來說，若是要用一句話來形容的話，這裡就與她所想像的帝國街景無異。

……明明是皇廳的市容。

……看起來卻和帝國一樣，這不是很奇怪嗎？

愛麗絲實在不吐不快。

「我說燐，本小姐覺得這一州有必要作全面性的二次開發。這裡應該拓寬車道、種植路樹，打造出可以仰望藍天的街景才是。」

「愛麗絲大人所言甚是。然而——」

燐所駕駛的車輛沿著車道前行。

「這需要預算和時間。若帝國軍在都更執行到一半的時候蜂擁而來，那可就吃不消了。」

「真是隱憂呢……」

愛麗絲想以公主身分推動的政務多如山高。

但其中有九成都得以「愛麗絲摧毀帝國」作為前提。

……如果摧毀帝國一事——

……也能像這樣輕鬆的話該有多好？

在車子後座。

她看向蜷起身子、睡在自己身旁的少年。

前使徒聖伊思卡。在安眠藥的副作用下，就算清醒過來了，他也動不了一根手指。但為了以防萬一，還是用手銬銬住了他的雙手。

「你呀……」

她低頭看著睡得正熟的側臉。

「在和本小姐交手的時候，不是把所有星靈術都躲過去了嗎？」

縱然事已至此，但看到他輕而易舉就被己方拐走的模樣，愛麗絲還是難以置信。

他可是能破解自己的星靈術，甚或是始祖涅比利斯星靈術的劍士啊。

「我說，本小姐該怎麼處置你才好呢？」

對愛麗絲來說，在中立都市對他下毒並不是出於己願。

她不希望用這種方式分出高下。

然而，兩國的關係並沒有友好到可以無條件釋放伊思卡。就愛麗絲的個性來說，她也不會對敵兵如此寬容。

……本小姐是不得不把你拐過來的。

……都是因為被人看見了。

既然被帝國的女隊長米司蜜絲撞見，那就沒有將他拐走以外的選擇了。

而下一個問題就是該如何處置。

「你可是極為出色的士兵，看來可以換到大量的贖金，或是作為交涉的籌碼呢。」

「愛麗絲大人？」

「……妳別在意。」

負責駕駛的燐所作出的提案，是將伊思卡打入大牢。

就前使徒聖這個名號所帶來的威脅性來說，這應該算是妥當的處置吧。但愛麗絲雖然不打算無條件釋放他，卻也對這樣的作法難以接受。

即使身為俘虜，她也不希望伊思卡受到粗暴無禮的對待——這就是她的真心話。

「燐，這裡的車道上也有許多行人經過，妳可要好好看著前方。」

「這是當然。」

隨從的視線投向前方。

趁著這個破綻，愛麗絲稍稍將身子挪向熟睡中的伊思卡。

她也在中立都市看過這張睡臉。當時的伊思卡同樣陷入熟睡，渾身都是破綻，反而是看著他的自己都要卸下心防了。

純真、稚幼，而且討人喜歡。

與戰場上持劍而立的他判若兩人。不只是表情而已，就連從全身上下散發出來的氣息也完全不同。若硬是要形容他如今所散發出來的氣息，就是忍不住想和他多互動幾下的感覺吧。

「……沒醒來呢。」

愛麗絲以指尖戳了戳少年的肩膀。厚實的肌肉觸感隔著衣服傳了過來。指尖所感受到的精壯感超出了愛麗絲的預期。

「啊，好厲害。真不愧是男生呢。」

「真好玩」。

和自己或燐的身體不同。當自己伸指戳去時，肌肉回彈的觸感有著天壤之別。對愛麗絲來說，這是相當陌生的觸感。

那其他部位──

像是臉頰的觸感又是如何？

「嘿。」

戳——她用指尖刺了一下少年的臉頰。

好柔軟。但一如預料，他臉頰的彈性似乎比女性更強，果然相當不可思議。

「……是本小姐的比較軟呢。」

她摸了摸自己的臉頰。

嗯。果然是自己的臉頰更軟一點。

「呵呵，怎麼樣，是本小姐贏了吧？」

是在哪裡分出勝負了？雖然連開口的自己也說不出個所以然來，但這種心情——

……

…………

「實在令人相當開心」。

將伊思卡擄來此地的行為依然讓愛麗絲感到有些心虛，但觸碰入睡的他所感受到的樂趣，足以將這份罪惡感吹到九霄雲外。

對於異性的淡淡好奇心。

一點點的惡作劇心理。

除此之外，還有像是在撫摸幼貓般的舒適（放鬆）感。

「……真可怕。你明明是敵人，但本小姐幾乎要忘記這件事了。」

即使如此，觸摸他的手依舊沒有停下。

在確認過臉頰的觸感後，愛麗絲觸碰起他的頭髮。異性的頭髮——話說回來，自己究竟有多久沒觸碰這麼短的頭髮了呢？

洗頭的時候一定三兩下就解決了吧。

他一定不知道將頭髮留長與花工夫清潔整理的感覺。

「……不過你留長髮，或許很適合也說不定？」

愛麗絲用手指梳整他的瀏海。

像是在撫摸貓兒身上的毛似的，她以指尖梳起伊思卡的頭髮——

「啊，有貓！」

「咦？」

愛麗絲不禁吃了一驚，停下動作。

是自己把內心話說出來了嗎——當她想到這裡的時候，開口高喊的燐忽然踩緊煞車，讓車子停了下來。

「呀——！燐，妳在做什麼！」

「有一隻野貓冷不防地竄到車道上……呼，太好了，幸好來得及緊急煞車。愛麗絲大人，您沒有受傷呢。」

「這種時候應該要用問句問我『您身子還好嗎？』才對吧？」

但也因為還能這樣隨口抬槓，自己沒受傷也成了一目了然的事實。

幸好車子行駛的速度並不快。

「妳還是要小心駕駛呀，本小姐都撞到臀部了…………唉、唉呀？」

自己的臀部傳來了奇妙的觸感。

她戰戰兢兢地抬起屁股，發現伊思卡的側臉就在正下方。

「不會吧？對、對不起，我的屁股壓到你了！」

「愛麗絲大人？」

「什、什麼事都沒有喔，燐，妳就看著前面專心開車吧！」

她用手按住伊思卡的側臉。

對方是異性。雖然是敵對的立場，但將男士的臉龐當成坐墊的行為仍然太過失禮，再加上愛麗絲貴為一國公主，害臊的心情更是不言而喻。

「應、應該沒吵醒他吧……」

「———」

眨眼。

就在這時，愛麗絲眼前的帝國劍士緩緩地睜開了眼睛。

……這裡是哪裡？

……不是中立都市艾茵。這副拘束器是怎麼回事……？

到底已經過了多久時間？

雖然意識被扯得稀薄，但伊思卡依然知道自己在某種交通工具上躺了好一陣子。少女們的閒聊雖然只能斷斷續續地傳入耳裡，但他明白有人正在他身旁說話。

接著——

『啊，有貓！』

『呀——！燐，妳在做什麼！』

緊急煞車、喇叭聲，再加上——某人的屁股壓在自己臉上的衝擊，將伊思卡的意識從安眠藥的昏沉感中抽了回來。

「…………唔……」

他睜開眼睛。

伊思卡首先明白的，是自己正躺在寬敞的座位上，而身旁則是為清醒的自己大感驚訝、俯視著自己的愛麗絲。

「————————嗚……！」

「你……醒過來了！」

在模糊的視野之中，他看見愛麗絲挪著身子，退到了座位的邊緣處。

「等等，燐！這和妳說的不一樣！妳不是說他最快也要明天才能清醒，而且還得休養整整一天才能起身嗎！」

「怎麼可能？這可不是開玩笑的，他的抗藥性到底強到什麼地步……？」

燐從前方將臉探了過來。

車上只有愛麗絲和燐兩人。

……這是怎麼回事？米司蜜絲隊長呢？

……我……應該是和隊長一起去了中立都市才對。

他與愛麗絲再次見了面。

明明到這邊為止都還有印象，但為何這之後的記憶就像是斷了訊般一片黑暗呢？不，不對，快把細節想起來。

「……拿去。」

「是你這傢伙的份。就當成愛麗絲大人慈悲爲懷賞你的吧。」

他從燐的手裡接過了罐裝果汁。

再來便是自己失去意識的時間點。而自己被皇廳的兩人帶上車、在陌生的城市裡移動的狀況，就代表——

「啊！」

「看、看來你注意到了呢……」

愛麗絲以莫名欠缺魄力的語氣這麼回應。

「你、你的人身安全已經掌握在我們手裡了。聽好了，這都是你的不對，誰教你要喝下下了藥的果汁！」

「……唔哇！」

一般來說，他應該要以俘虜的身分露出恐懼或絕望的反應。

無論如何，都不能搞壞敵人的心情——雖說深知身為俘虜的應對準則，但伊思卡還是忍不住脫口而出。

「愛麗絲。」

「怎、怎樣啦？」

「我這次真的對妳很失望。想不到涅比利斯皇廳的公主會用如此卑劣的手段……」

「才、才不是呢！這根本不是本小姐下的命令呀！」

愛麗絲「砰砰」地拍著座位喊道。

她漲紅著臉。

「本小姐完全沒有那個意思，這是燐擅自行動的結果！」

「請等一下，愛麗絲大人！這對我來說也是出乎意料的結果呀！」

這回輪到駕駛座上的燐大叫回應。

「應該說，帝國劍士，這都該怪在你身上！都是你喝到安眠藥的錯！你會被我們抓起來都是自己的問題。都是因為你輕忽大意，才會導致自己淪落至此！」

「不管怎麼想，都是下毒的一方有問題吧？」

但燐的後半句話確實讓他沒有反駁的餘地。

太天真了。

中立都市禁止任何勢力出手干涉。雖說不曉得中立都市會對打破這規矩的國家祭出多重的罰則，但例外也確實一直存在著。

——只要不被發現就好。

下安眠藥可說是恰到好處的手段。話說回來，一般人不會乖乖喝下敵方贈與的飲料才是。

「你、你明白自己的立場了吧？」

愛麗絲又是一副支支吾吾的模樣。

她盡量避免與伊思卡對上視線，這大概體現出她內心的罪惡感吧。

「——我們到了。」

打破這陣沉默的，是燐以公事公辦的口吻作出的回報。

車子停下。

還無法行動自如的伊思卡將視線投向窗外，看到了一幢金碧輝煌的巨大樓房。

「愛麗絲大人，還請移駕旅館最上層的貴賓室——至於帝國劍士。」

燐打開了後座車門。

和以往一樣做女傭打扮的少女，露出了冰冷的目光。

「我接下來會將你搬進旅館。可別因為嘴巴沒封住就大聲叫嚷，這裡可是涅比利斯的境內，你的同伴一個也不在。」

「——」

「跟上。現在的你是愛麗絲大人的俘虜。」

隨從少女以凶狠的語調，對著說不出話的伊思卡這麼宣告。

「若要比喻的話，你就是愛麗絲大人的狗。可別忘了這一點。」

「狗、狗嗎！伊思卡……要變本小姐的寵物了？這、這很傷腦筋耶。燐，妳突然這樣說，讓我很難反應耶！」

「愛麗絲大人，求您別和我抬槓了，好不容易醞釀出來的緊張感都白費了！」

燐嘆了一口氣。

「總之先出發吧。站起來。憑你的能耐，應該已經恢復到可以起身走動的程度了吧？」

2

第十三州厄卡托茲──

在距今五十年前，原為獨立國家的厄卡托茲因為承受不住帝國的軍事施壓，請求皇廳收為附屬國，之後便蛻變為巨大聯邦「涅比利斯皇廳」的其中一州。

涅比利斯皇廳開始派遣人才。

也推動一般人和星靈使通婚。

在成為附屬國之前，「星靈使出生率」僅有百分之六，但如今已經成長為百分之十一。換句話說，每十名新生兒中，就有一人會成為魔女或魔人。

……期間也陸續誕生出寄宿強大星靈之人。

……除了純血種之外的強大星靈使，如今正逐漸增加中。

這就是伊思卡對第十三州所掌握的知識。

反過來說，除了這些資訊之外，他就一無所知了。就像「這裡」也是——知曉這塊土地上設有王家認證的高級旅館的帝國兵，恐怕翻遍天下也找不出第二人吧。

「這裡是怎麼回事……」

旅館裡的王族專用貴賓室。

被帶入房間的伊思卡不禁出聲咕噥。光是這裡的客廳，就比自己在帝國的宿舍房還要大上十倍以上吧。

旅館的最上層——

整面牆壁都是由玻璃窗打造而成，可以將鋼鐵色大樓所構成的都會叢林收進眼底。

房內還設有八人用的餐桌、鋼琴和撞球台。這裡的規格遠遠不是伊思卡的房間能比擬的。

「唉，累死本小姐了。我還是第一次搭車搭得這麼緊張呢。」

愛麗絲一屁股坐在軟綿綿的沙發上頭。

與之相較，她對如此奢華的裝潢並不感到驚訝，完全是一副司空見慣的反應。

「愛麗絲大人，這樣做真的好嗎？」

「燐，怎麼啦？」

「小的是指您把這名劍士帶至此處的舉動。我已經訂好一個房間，暫且作為拘留處使用了，若是將他綁在那裡的話……」

「這可不行。」

原本頹靠在沙發上的愛麗絲坐起身子。

「妳訂的是旅館最小的一間房對吧？身為涅比利斯的公主，本小姐可不希望傳出『公主沒有善待俘虜』一類的八卦。況且將他俘虜的起因實在過於特殊，在決定他的發落之前，我們應該以禮相待才是。」

「可、可是……！」

站在伊思卡身旁的隨從少女，不客氣地指向伊思卡。

指向他被鋼製手銬縛住的雙手。

「這名劍士蘊藏危險的事實依舊不變。明明喝下了我的安眠藥，但他不僅已經恢復意識，甚至可以自由走動了啊……這廝說不定會襲擊愛麗絲大人。」

「但他可沒帶劍喔？」

「就算赤手空拳也一樣。小的認為，他有可能會趁愛麗絲大人熟睡之際發起襲擊。因為男人無一例外，全都是色慾薰心的大色狼。」

「妳在說什麼啦！」

「那是什麼意思啊！」

愛麗絲和伊思卡齊聲大喊。

至於燐，她雖然露出了妥協的神情，但還是略感不滿地嘆了口氣。

「……我明白了。不過，即使有必要看住他，我也不能讓這名男子和愛麗絲大人待在同一間房裡。請將他送入我的房間，而愛麗絲大人則使用隔壁的王族專用貴賓室。畢竟這整層樓都被我們包下來了。」

「燐，妳會負責看守他吧？」

「是的。距離晚餐還有一些時間，小的建議您稍作小憩。」

「我知道了。燐，可要待他友善一些喔。」

在瞥了伊思卡一眼後，公主隨即以優雅的步伐調轉腳跟。她離開了宛如派對會場般的寬敞客廳，走入旅館的長廊。

「……好啦。」

在愛麗絲離開後，燐把客廳的門鎖上。

少女在重重地吐了口氣後，以僵硬的口吻說道：

「和你這樣面對面，是第二次了呢。上次是在那個叫尼烏路卡樹海的地方吧？」

「……是這樣沒錯。」

「我當時吃足了苦頭，切身明白你這人的威脅有多棘手。純就『理解』二字來說，我比愛麗絲大人更能理解你的危險之處。你就作好心理準備吧。」

正如她所言。

如此宣言的少女眼裡，完全不帶一絲愛麗絲所擁有的和善情緒。

「我既是愛麗絲大人的隨從，亦是護衛，像這種肉搏戰也在我的技術範圍之內。」

若是考量她身為王族護衛的立場，她會展露出比主子更強烈的敵對意識也是情有可原。

「基於這一點。」

伊思卡完全來不及阻止她。

桌上放著水果和水果刀。少女拾起後者，朝著自己的手背就是一刀。過了幾秒後，她的手背上滲出了一道紅線。

「嗯？呃……妳做什麼！」

「別在意。」

燐露出了甜美的笑容。

這是她首次對伊思卡露出微笑。但伊思卡很快就發現，她的嘴角固然帶著笑意，但眼角卻充斥著殺氣。

「這是為了製造藉口。好讓我的正當防衛（劇本）得以執行。」

「啥？」

「你察覺到餐桌上放著小刀，便抓起刀子朝我砍了過來。但我身為愛麗絲大人唯一的護衛，隨即發揮了優異的身手勉強躲開，在讓手部受了點小傷的情況下癱瘓了敵方的武力——這就是我的劇本。」

雖然她說得頭頭是道——

但伊斯卡自己還沒能從安眠藥的後遺症中完全恢復過來，手腳尚不能行動如常。而且說起來，既然雙手已經被手銬銬住，那不就已經呈現武力遭到癱瘓的狀態了嗎？

「我在初次與你見面的瞬間，就有十足十的把握。」

唰——握緊水果刀的燐踏出一步。

吊起的雙眸噴出了決心之火。

「這名帝國劍士將在不久的將來，在愛麗絲大人統一世界的大業中成為最大的威脅。為此，我下定了決心。就算愛麗絲大人此時此刻還無法理解我的用意，也肯定會在遙遠的未來稱讚我的用心良苦！」

「……妳該不會！」

「帝國劍士伊思卡，覺悟吧！」

少女舉起了小刀。

「你將在此地化為愛麗絲大人美好願景的基石。換句話說，就是為了世界統一而犧牲！若能成就世界和平的話，不也等於實現了你的心願了嗎！」

「這完全不符合我的心願啊？」

「我不會奪走你的性命。但從今以後，你將無法再次站上戰場。」

「妳在開玩笑吧？」

「我才沒在開玩笑！覺悟吧！」

既是護衛，同時也是一流刺客的少女——

面對她殺氣騰騰的利刃，黑鋼後繼伊思卡的全身上下登時噴出了大量冷汗。

＝

旅館「葛雷哥里奧」——

就在愛麗絲於頂樓的走廊上走到一半的時候……

「啊，糟糕。要休息是無妨，但本小姐居然忘了如此要緊的事。」

她驀地停下腳步，轉過身子。

「是關於伊思卡的晚餐呀。可不能只準備本小姐和燐的份呢……雖然還不曉得會如何處置，但就算身為俘虜，也不能不善待他呢。」

去提醒燐一聲吧。

得提醒她今天的王族專用貴賓室晚餐需要準備三人份，而菜色也得和己方完全一樣才行。

「喔，冷麵確實也不錯。要是市場有賣甜番茄，我一定會拿來做冷麵。」

「對！番茄義大利冷麵很美味呢，這個我也贊成我也贊成！」

就連這樣的對話也自然而然地浮上心頭。

「……今天就來份番茄義大利冷麵吧。」

伊思卡會開心嗎？

還是會大吃一驚呢？說不定會懷疑自己又在裡面下毒了呢。

「呵呵，不然就稍微嚇嚇他吧。他那樣的反應也很可愛呢。」

該怎麼辦？

光是隨意想像起伊思卡的表情，臉上就莫名綻出了笑容。

「啊，這可不行……該反省了。要是頂著這張臉去見燐，肯定會惹她生氣的。畢竟伊思卡現在已是俘虜，可不能對他太過溫柔呢。」

她取出備用鑰匙，打開了客廳的門鎖。

愛麗絲打開了由燐看守伊思卡的房間大門，隨即大聲喊道：

「我說燐，本小姐忘了一件重要的事，關於今天的晚餐——燐？」

她以單手推開門扉後，僵住了身子。

在客廳的角落——映入愛麗絲眼簾的，是伊思卡和燐兩人躺在偌大的沙發上糾纏的光景。

「唔……臭小子，你居然能在雙手被銬住的狀態下擋住我的刀！」

「我才不會乖乖受死！」

「可惡，別再垂死掙扎了！快點給我死心，成為世界和平的基石吧！」

「妳也太蠻橫了吧！」

燐試著將刀子往前刺去，而伊思卡則是以被銬住的雙手勉強擋了下來。

兩人都漲紅著臉，使出全力展開攻防。這時——

「啊，愛麗絲？」

聽到腳步聲的伊思卡轉頭看來。

「喏，隨從，妳的主人回來了！還不快停手，把刀子收回去！」

「哈！聽你胡謅，愛麗絲大人才剛離開房間沒多久呢。」

至於燐則是顧著壓制伊思卡，沒發現自己的到來。她將視線牢牢盯在伊思卡身上，絲毫沒有鬆動。

「我可不會被這種可笑的虛招唬弄。」

「我是說真的！」

「哼，要是愛麗絲大人真的在場，那她何不制止我？」

「——因為本小姐才剛打算制止妳呀。」

「咦？」

就在燐的正後方。

燐發出怪叫，愛麗絲伸手搭向她的肩膀，以輕柔的話聲說道：

「妳好像玩得很開心嘛？能不能讓本小姐加入呢？」

「……愛麗絲大人？」

轉過身的茶髮少女登時驚愕不已。趁著這段空檔，愛麗絲將小刀從隨從的手裡搶了過來。

「伊思卡是我的俘虜（東西），豈有隨從對主子的所有物出手的道理？」

她露出冰冷的目光俯視隨從。

就算有著親暱的交情，愛麗絲和燐依然是主僕關係。對於違背主人指令的僕人，是有必要加以懲罰的。

「燐。」

「小、小的在。」

「這是第二次了。我希望妳別以為還有第三次。要是妳敢抗命的話——」

「……我抗命的話？」

「整整一個月，妳每天的三餐都會是加了滿滿鮮奶油的草莓蛋糕。無論早餐、午餐還是晚餐，妳都得吃著超高熱量的蛋糕。一個月後，妳的身材就會走鐘到不忍卒睹的地步喔。」

「人家不要呀啊啊啊啊！」

「這就端看妳還敢不敢擅自作主了。」

愛麗絲俯視著哭花了臉的隨從，以高壓的態度環抱雙臂。

＝＝＝＝＝

「……愛麗絲大人，小的準備好了。」

燐取出一道鑲有精美裝飾的鎖鍊。

「我雖然不贊成這麼做，但既然愛麗絲大人都說到這個份上了，那也只能照辦了。」

「這是因為妳兩度對伊思卡動手的關係喔。」

「……小的知錯。」

燐將手中的鎖鍊綁在伊思卡的手銬上。

「帝國劍士，你應該有自知之明吧？從今以後，你就由愛麗絲大人親自監視了。」

「我覺得打從一開始就是處於這樣的狀態啊……」

不過，從燐的發言來看，她應該是指愛麗絲會親力親為的意思吧。

伊思卡處於被手銬拘束的狀態。

而這副手銬被另一條鎖鍊繫著，並綁在愛麗絲的手腕上。

鎖鍊的兩端分別繫著愛麗絲戴在手上的腕輪和伊思卡的手銬，如此一來，雙方就無法遠離彼此超過三公尺的距離。

「這樣就行了吧？要是交給燐看管恐怕又會出事，從現在起，本小姐會直接監視你的一舉一動，你可要感到光榮呀？」

「……原來如此。」

自己的手銬和愛麗絲的腕輪被繫在一起，強行讓彼此形影不離。但對伊思卡來說，他反而覺得被燐監視還比較輕鬆自在。

「我們要一直保持這個樣子？」

「這是當然的啊。根據燐的說法，僅是為你上銬仍不可輕忽大意。」

愛麗絲舉起右手，秀出腕輪。

「只要這道鎖鍊還繫在本小姐手上，你就無法輕舉妄動，而鑰匙則由燐保管。如此一來，你就完全處於本小姐的監視之下了！」

公主嘴上講得得意，但看起來似乎有些樂在其中，這究竟是為什麼呢？

「呵呵，偶爾體驗這種事也滿好玩的呢。能將敵國的強者繫在自己身邊，總覺得能帶來適量的緊張（刺激）感呢。」

「妳有那方面的興趣？」

「才、才不是呢！本小姐只是……想緊緊地看住你罷了。你可要小心了，接下來，你無時無刻都會受到本小姐的監控。」

愛麗絲滿臉通紅地說道。

聽到她這麼說，伊思卡的腦中不禁浮現出小小的疑問。

「我說，愛麗絲，我能問個非常奇怪的問題嗎？」

「什麼事呀？醜話說在前，我可不會幫你解開手銬喔。在帝國釋出解放俘虜的條件之前，你就是本小姐的——」

「我們被這條鎖鍊繫得這麼近……」

鏘啷——他摸著繫在手銬上的鎖鍊。

「上廁所的時候要怎麼辦？」

「咦？」

「……該怎麼說，妳看這樣就知道了。」

伊思卡的手銬和愛麗絲的腕輪以鎖鍊相繫，就算走進衛浴間，也會因為鎖鍊的妨礙而沒辦法關門，而在洗澡的時候也會有同樣的問題。若是維持這種以鎖鍊相繫的狀態，無論何時伊思卡都無法從愛麗絲的身邊離開。

「像是入浴或是睡覺的時候也是啊。」

「————」

少女沉默了下來。

她的臉龐愈變愈紅。

「這下糟了！」

「妳沒考慮過這個問題啊……」

「你為什麼不早點說！啊！難道你打從一開始就期盼變成這種狀況嗎？你這人居然有如此下

流的念頭！」

「只要稍微思考就能察覺到了吧！」

就連伊思卡自己原本也不打算出言提醒的。

為什麼身為俘虜，卻還要為對方如廁或入浴的情況感到掛心？

「因為——」

驀地，愛麗絲的動作僵住了。

她像是察覺到了什麼似的睜大雙眼，忸忸怩怩了起來。

「愛麗絲？」

「…………嗚…………要…………」

「嗯？」

「…………都、都怪你說了奇怪的話。」

她的說話聲細若蚊鳴。

涅比利斯皇廳的公主，以泫然欲泣的神情坦白道：

「……本小姐這才想起，我已經好一陣子沒去摘花了……然後…………」

「妳難道是想上——」

「別說下去了！」

語帶哭腔的公主氣勢洶洶地靠了過來。

「你的心思應該再細膩一點才對！聽好了，女生是不會去上廁所的，她們只是去稍微補個妝而已！」

「那妳沒必要那麼害羞吧？」

「燐，事態危急！立刻將本小姐的鎖給解開……唉呀，燐呢？」

「她剛才不是出去了嗎？說是要向主廚傳達晚餐要三人份的事項。」

「燐這個大笨蛋——！」

快點回來呀！

愛麗絲悲痛的吶喊，在旅館的頂樓不停迴蕩著。

3

聖艾札莉雅大河。

此河起源於萬年覆雪的山脈，在流經廣大的高原後注入大海。全長四千公里的聖艾札莉雅大河，乃世界名列前茅的長河。

——這條河也是自然形成的國境。

只要穿過這條濁流抵達對岸，就能踏上涅比利斯皇廳的國土。

「巨標鐵橋。這既是通往對岸的橋梁，同時也是國境關卡。」

在轎車的駕駛座上。

陣將手肘頂在車窗邊上拄著臉頰，同時俯視著流經橋底的滾滾濁流。

晚上十點。

在暗夜的籠罩下，河川的流水幾乎難以看見。就只有被探照燈照到的部分是少數例外，但頂多只能窺見混濁的表面而已。

「想用游泳橫渡這條大到誇張的河與自殺無異。若想闖進皇廳，就避不了通過這座橋上的國境關卡啊……？」

而在過去，帝國所派出的諜報部隊，幾乎都在國境關卡栽了跟斗。

——因為星紋審判。

涅比利斯皇廳的國境關卡，會因為審查對象有無星紋，而大幅調整審查基準。

「歡迎這顆星球上的所有星靈使。」

「無論是在皇廳出生者，抑或是在中立都市誕生的星靈使，我等皆會一視同仁。」

帝國打算將寄宿星紋之人一個不剩地緝拿歸案。

由於涅比利斯皇廳施行保護同志的國家方針，因此依照往例來說，他們對於擁有星紋之人的審查普遍相當「寬鬆」。

「……總之算是成功了吧。」

自己的右腳踝——雖然現在被襪子遮住了，但肌膚表面確實浮現出淺淺閃爍的人工星紋。靠著這片星紋，陣順利地通過了星紋審判。

「檢查官目視再加上用機器檢測星靈能源，我也不過花了五分鐘，審查就結束了……但隊長和音音都好慢啊。」

星紋審判會依照性別帶往不同的地方執行。

浮現在身上的圖樣，其位置可說是天差地別。有些人的圖樣會出現在不想被他人看見的部位，必須脫下衣物才看得見。是因為這樣才拖得比較久嗎？

還是說——

「應該不是漏餡了吧？」

身分證是依照中立都市的格式所仿造出來的贗品。

而陣現在所穿的衣服也並非戰鬥服，而是休閒長褲搭上夾克的打扮。愛用的狙擊槍，也偽裝成允許一般人攜帶的獵槍。

沒有任何會被懷疑為帝國兵的要素。

而米司蜜絲隊長和音音應該也一樣才對。

「阿陣，讓你久等了！」

「啊，陣哥已經回車上了！會不會太快啦？」

兩道可愛的嗓音傳來。

只見兩名同樣穿著休閒衣著的少女，從停駛的車子前方跑了過來。

「阿陣、阿陣，結果如何？」

「什麼事都沒發生啊。要是出事的話，我哪能這麼悠哉地在車裡等妳們啊？」

「……啊，太好了。看來是平安無事呢！」

米司蜜絲隊長捂住胸口，發出安心的嘆息。

如今隊長一身連身裙外罩上外套的打扮。

身穿帝國戰鬥服時，她比較能給人成熟穩健的印象；但在換作這身輕便的打扮後，任誰看來都像是個十五、六歲的少女。

而解開平時短短盤起的髮型，更讓現在的她增添了不少解放感。

「所以說，隊長和音音，妳們未免也太慢了吧？」

「那個呀～是因為在確認居民證的時候耽擱了不少時間。」

這麼回答的音音，穿著小可愛搭配細腰牛仔褲。這也是一身輕便且便於行動的裝扮。

「因為檢查官盯上了隊長，以為她虛報年齡。」

「啊～因為她有張裝嫩的臉啊。」

「才不是裝嫩呢！阿陣，二十二歲還是很年輕喔！人家可是女人味十足的淑女！」

女隊長氣呼呼地鼓起臉頰。

實際年齡是成熟的二十二歲，但就上電影院能用半票蒙混過關這點來看，本人應該也對自己的容貌有自覺才是。

「所以說，這應該算是順利過關了吧？我們這下就可以通過國境關卡了呢……」

米司蜜絲隊長先是四下張望，隨即坐進了轎車後座。

周遭都是這天最後前來通關的入境申請者。

他們絕大多數都是來自中立都市的觀光客或是貿易商，沒有星靈使存在。身上沒有星紋的這些人，應該在檢查身分時備受刁難吧。

「欸欸欸，陣哥檢查的時候有遇到星靈部隊嗎？」

「幾乎沒幾個人。這裡可是泱泱大國，雖說和帝國維持戰爭局面，但應該不會想讓人看見肅殺的一面吧？」

鐵橋上看得到的星靈部隊就只有寥寥幾名。

他們身穿涅比利斯的星靈裝，所以一眼就能辨識出來。

「但想也知道他們會混入一般旅客之中。小心點啊，隊長。要是傻呼呼地找了個偽裝成旅客的星靈部隊聊天，那可就讓人笑不出來了。」

「人、人家當然也知道啦！」

米司蜜絲隊長坐在後座，音音則坐在副駕駛座。

載著三人的小型轎車行駛在鐵橋上。車道上標示著國境線，在穿越過去的瞬間，三人便來到皇廳的領土。

「……穿過去了！太好了，我們做到了！這下就穿越國境了吧？」

米司蜜絲隊長輕聲歡呼。

「如此一來，特殊任務的第一階段就完成了呢。在聽璃灑說明的時候，還以為我們的人生要就此走到盡頭了呢。」

「接下來才是重頭戲。隊長，可別鬆懈了啊。」

擋風玻璃上映照著鐵橋對岸的景色——

是灰色的大廈群。

涅比利斯皇廳第十三州厄卡托茲。即使是帝國軍方，對過橋後的資訊也掌握得相當有限。

「伊思卡是昨天中午被抓走的對吧？」

「對、對呀！」

「那麼，抓走伊思卡的冰禍魔女，應該是在今天午間通過這裡的。我們是在深夜抵達，所以差了大約半天的車程。」

差了十個小時的追蹤。

從中立都市艾茵前往皇廳國境（這裡），需要開車行駛整整一天的時間。

至於第九〇七部隊呢？

在璃灑的協助下，他們借用了帝國的運輸機，飛到了最接近這個國境的中立都市，之改換搭轎車採滿油門，以最快的速度抵達此地。

一支部隊所能做到的追蹤方式，最有效的肯定只有這個。

「對方應該已經抵達第十三州的市中心。好啦，現在伊思卡被帶到哪裡去了？」

要囚禁一個人類，能利用的地方要多少有多少。

在這廣大的州內究竟該如何找起？

「這就像是在沙漠中挖掘，試著找出埋在沙子裡的一粒珍珠一樣。這就完全只能聽天由命，看好運有沒有站在我們這裡了。」

「……嗯、嗯。」

後座上的嬌小女隊長，在膝上緊緊交握雙手。

那就像是在祈禱的姿勢。

「啊啊，阿伊，請你一定要平安無事。」

「光是有命能活就值得大肆慶祝了。畢竟拷問的過程可能會把他的手腳刮得稀爛，或是被強灌吐真劑弄成廢人。」

「阿陣，別再烏鴉嘴了！」

「我這是要妳作好覺悟的意思。當然，如果他能平安無事的話，就再好也不過了。」

他在駕駛座上用力握緊方向盤。

發現掌心溼成一片後，陣輕輕咂了一聲。上次緊張到出手汗已經不知是何時的事了。即便是手持狙擊槍的時候，他也許久沒有這樣的觸感。

「要是能找到他就好了。我們這是在大海撈針啊。」

「伊思卡哥，你要平安無事呀……！」

音音壓低音量喊道。

「要是伊思卡哥出了什麼事，音音我就要用實驗衛星兵器把第十三州（這裡）化為火海……」

「音音小妹好恐怖！」

「音音我可是認真的！」

「妳們兩位都安靜一點。這裡已經是敵國的領土了，即使在開車期間，被人聽到對話的機率也不是零。」

星靈是該提防的潛在風險。

「這裡是魔女和魔人的國家。即使有『能竊聽鎮上人類交談聲』這種能力的傢伙存在，也不足為奇啊。」

這就是涅比利斯皇廳。

魔女之國正是超越了「人類」常識的世界。

4

第十三州厄卡托茲——

設置於旅館頂樓的王族專用貴賓室，如今被一陣柔和的香甜氣息所包覆。

輕柔的潑水聲傳了過來。

裊裊蒸氣從浴室裡飄了出來。不僅如此，耳力受過嚴苛鍛鍊過的伊思卡就算不集中精神，也能聽見少女的哼歌聲。

從浴室裡傳來的——

是愛麗絲開心的哼歌聲。

「…………」

伊思卡站在客廳的角落，硬是被逼著罰站。

雙手則是被手銬綁住。

……我到底在做什麼啊？

……雖然沒受到拷問，但總覺得自己的心智正受到嚴重的折磨。

將明顯處於敵對立場的自己扔在客廳裡頭。

涅比利斯皇廳的公主則是優雅地入浴——對於敵對的伊思卡來說，他實在無法否定這種狀況就像是被對手鄙視了一般。

……好不甘心啊。雖說這種狀況反而讓人想反咬一口。

……但若是就這麼前往浴室，恐怕會被誤解自己的意圖吧。

一般來說能被形容為「勇敢地挑戰敵國公主的帝國兵」的情景。

這下子肯定會變成「企圖偷窺入浴中的年輕少女的色狼」。

「喂，帝國劍士。」

「好痛！」

隨著鎖鍊一扯，被繫住的手銬登時掐緊了手腕。

「就算你腦袋壞了，也別思考邪惡的想法。」

握著鎖鍊的是隨從少女──燐。

由於愛麗絲正在洗澡，原本扣在主人身上的腕輪，目前嵌在她的手上。

「只要有我看守，說什麼都不會讓你靠近愛麗絲大人所在的浴室一步！」

「……一般來說，這種情況下應該是要阻止我從浴室逃出去吧？」

「什麼！你這傢伙果然企圖逃亡嗎？」

「我只是打個比方！」

「我可不在乎。你要是真的逃跑了，我就能拿這件事作為正當理由，將你大卸八塊。如此一來，愛麗絲大人也無法阻止我了。」

她完全沒有掩飾敵意的意思。

「我有件事想問妳。」

「你以為我會老實回答嗎？」

「我接下來會被怎麼處置？」

「──────」

臉上的嘲笑急遽轉為嚴肅而文靜的神情。

茶髮少女盯著站在身旁的伊思卡，嘆了口氣。

「畢竟打破中立都市規矩的乃是皇廳，也罷，就看在這份上回答你吧。但說起來，你也只有祈禱一途了。」

「祈禱？」

「我和愛麗絲大人的意見分歧。愛麗絲大人尚未決定你的處置，但我已提出將你永遠關在此地的提議。」

伊思卡瞥了由玻璃窗砌成的牆壁一眼。

這間旅館的頂樓可將都市的夜景盡收眼底。少女伸手指向的，是大樓林立的彼端。

造型凹凸而扭曲的高塔——

仔細一看，在地平線的彼端可以看見兩、三棟類似的建築物。

「五十年前，這裡還不屬於涅比利斯皇廳的一州，而是以獨立國家厄卡托茲的名義繁榮發展。這個國家與鄰近的都市進行著特殊的『貿易』，收益也是蒸蒸日上。」

「所謂的貿易是……」

「囚犯。」

少女說出口的詞彙，讓伊思卡有一瞬間懷疑自己是不是聽錯了。

貿易？用囚犯貿易到底是什麼意思？

「他們索取高額的酬金，不分國內外引渡囚犯加以收容，而這個國家也因此變得繁榮起來。中立都市的罪犯或是在皇廳鬧事者，都被囚禁在此地。」

鋼鐵的大廈群。

這既是用以抵禦帝國軍的火砲，同時也是凶悍的罪犯逃獄滋事時，居民用以保護自己安全的自衛方法。

「……那麼，那幾座高塔就是──」

「是監獄塔。你該作好覺悟了。我已向愛麗絲大人進諫，要把你關進其中一座高塔中，而這也是為了愛麗絲大人好。」

「──────」

「感到不甘嗎？不過，你該認為這是自己招致的結果啊，帝國劍士。」

少女用力握緊與伊思卡相連的鎖鍊。

「愛麗絲大人曾一度向你伸出了手，但你卻自行拒絕了。」

「這我知道。」

即使沒被這麼提點，他也非常清楚。拒絕公主提案的正是伊思卡。縱使此時此刻再次提出同樣的提議，伊思卡也完全沒有改變想法的意思。

「你就當本小姐的部下吧。你就當個來自帝國的流亡之人吧。」

「我辦不到。我無法加入涅比利斯這一方。」

他們無法步上相同的道路。

就算伊思卡加入皇廳方，等待他的也不會是兩國攜手談和的未來。

「不過愛麗絲大人目前仍在為此苦惱。她認為這回的策略欠缺周詳。」

「…………」

「在這次的行動中，我已擅自作主了兩次。其一是對你下毒，其二是對你動手，我身為愛麗絲大人的隨從，絕對不會再犯第三次。今後就悉聽愛麗絲大人的指示。」

這是身為隨從的義務——

愛麗絲若下令「將他關入大牢」，她便會照辦；而若是收到「釋放他」的吩咐，她就會將伊思卡帶往國境之外。

「嘖！」

少女以一副無法接受的神情別過臉。

「可別把我和你對話過的事情講出去啊。」

「因為這違背了妳理想中的隨從風範嗎？」

「……不對。愛麗絲大人莫名地對你疏於防範。萬一讓她有了誤解，以為我和你已經釋盡前嫌的話——」

說到這裡，浴室傳來了腳步聲。原本細微的哼歌聲也變得更加清晰。

「呼～終於把汗流出來了。」

愛麗絲以一副舒適的口吻說道。

「王宮寬廣的浴池固然舒服，但旅館能迅速放滿水的浴缸倒也不錯。這下就能好好利用晚上的時間了。」

少女從浴室緩緩走向客廳。

「我說燐，本小姐的睡衣呢？」

「…………那個……」

「…………愛麗絲大人……」

公主用手捧著紅潤的臉頰，似乎很是滿意。

然而，看到她這番模樣的伊思卡和燐，登時僵住了表情。

「本小姐的睡衣——奇、奇怪——？」

愛麗絲只用浴巾包住了頭髮。

在璀璨燈光的照明下，少女一絲不掛的裸身完全暴露無遺。

她晶瑩剔透的肌膚白皙如雪。

由於泡了澡促進循環，因此臉頰到耳垂都染上了一層微紅。

水滴從脖頸滑落，劃過了鎖骨，接著像是被愛麗絲豐滿的胸脯形成的乳溝所吸引似的向下滑落，自腹部流向肚臍。

這身姿態是何等美麗，又是何等嬌豔。

「……奇怪？」

為什麼伊思卡會在這裡？

赤裸的美少女愣愣地冒出這個念頭眨了眨眼，但過不了多久——

「討、討厭啦————！」

涅比利斯皇廳的公主一時失察。

忘記待在這裡的並非只有自己和燐。

「你、你等一下，你誤會了！伊思卡！我是因為……！」

她摘下頭上的浴巾遮住胸口。

接著為了掩飾身體前方，她轉過身子背向伊思卡。為了不讓異性——尤其是敵國士兵看見自己的肌膚，愛麗絲採取了可說是極為自然的行動……理應是如此才對。

然而——

「……星紋？」

「————啊！」

伊思卡若無其事的一句話，讓金髮少女的臉孔抽搐了一下。

裸露背部的涅比利斯公主。

巨大的星之圖紋占據了她的後頸、背部，以至雙肩。

——湛藍色的翅膀型星紋，就烙印在她的背上。

魔女的象徵。

自百年前至今，被帝國視為「非人象徵」而受到迫害的圖紋。而寄宿在愛麗絲背上的星紋，比伊思卡迄今見過的各種星紋都還要來得巨大。

而那散發的光芒亦然。

明明沒有發動星靈術，但光芒明顯比其餘的星紋更加劇烈。

「…………」

在戰場上，伊思卡不曾留意過她的星紋。

而他實際上也無從確認。因為愛麗絲不僅身穿王袍（禮服），那頭美麗的金髮更是蓋過整個背部，遮掩了她的星紋。

「……伊思卡。」

她以細若蚊鳴的音量，以背對伊思卡的姿勢——

在讓伊思卡看見巨大星紋的狀態下，以魔女身分為人所懼的少女膽怯地開口道：

「看到『這個』之後，你有何感想？」

魔女的圖紋。

被視為上古惡魔的印記，受到世人恐懼的詛咒象徵。

初次見到的巨大圖紋綻放著朦朧光輝的光景，確實會讓某些人認為是詛咒的力量正在鼓動，因而感到害怕吧。

足以讓帝國害怕地喊出「怪物」兩字的魔女圖紋，此時浮現在愛麗絲的背上。

「……會覺得很噁心嗎？」

「愛麗絲大人！請等一下，您這是在說什麼呢！」

原本站在伊思卡身旁的隨從像是看不下去似的，迅速衝到了主子的身邊。

少女用力抱住了掛著水珠、已然垮下的肩頭。

「星紋乃是星靈使的驕傲。女王大人不也說過愛麗絲大人的星紋是最為出眾的嗎？您不應引以為恥才是呀！」

「謝謝妳，燐。」

公主犒勞隨從。

「然而，那終究只有我們這麼稱呼不是嗎？惡魔的詛咒、詭異的疾病、浮現出怪物臉孔的圖樣——帝國如此稱呼星紋，是眾所皆知的事實呀。」

「…………」

「不只是帝國而已，就是在中立都市也一樣。雖說會公然非難的人類不多，但討厭星靈使的人類勢力仍不在少數。」

「…………愛麗絲大人……」

「燐，妳別誤會了。本小姐對此並不在意，不管是誰要怎麼說我都不在意。妳說得沒錯，星紋是本小姐的驕傲。只是——」

金髮少女轉過身子。

只以一條薄布遮住身子前方的年輕公主，站在伊思卡的面前。

「不知為何……本小姐說什麼就是想知道你的想法。總覺得被你看到後，就一定得問出個所以然來。」

浮現在愛麗絲背上的星紋極為巨大，描繪著複雜的圖案。

——一旦看過這片星紋。

——即使溫和如他（伊思卡），說不定也會對自己（愛麗絲）的看法產生變化。

好可怕。

但還是好想知道。想知道他不作任何偽裝，以坦率的心情說出來的感想。

她微顫的眼眸訴說著這股訊息。

「覺得很噁心嗎？你剛才看到本小姐身上的星紋時，倒抽了一口氣對吧？為什麼會有那種反應呢？」

「————」

「老實告訴我。不管你說什麼，本小姐都不會生氣的。就算說我是『可惡又詭異的魔女』，我也不會改變既有的態度。我只是……想知道你的真心話。」

美麗少女的眼角，稍稍紅腫了起來。

愛麗絲莉潔·露·涅比利斯九世。

「我說——」

「我認識一名帝國軍的隊長，她是一名成為了『魔女』的女子。」

伊思卡僅僅是這麼回答。

他對著與自己相視的敵國公主——對不安地抬眼詢問的少女這麼說。

「…………」

公主陷入沉默。

那是愛麗絲也認識的女子——伊思卡終究還是將這番話吞了回去。

不能將米司蜜絲隊長的名字說出口。不對，愛麗絲說不定也能從剛才那句話推測出來。因為她也目睹隊長米司蜜絲跌落星脈噴泉的那一幕。

「……我聽不懂你的意思。」

過了一會兒後，少女落寞地搖了搖頭。

「就算真有其事，那又代表什麼？帝國兵變成魔女？現在我想聽的並不是這件事，而是你自己的——」

「這兩者息息相關。」

伊思卡間沒有絲毫遲疑地繼續說道：

「那一位如今也在帝國擔任隊長的職務。即使化為魔女也是如此，即使身負星紋也是如此。我，很尊敬那個人。」

「…………」

「帝國無法和皇廳共處的起因是星紋的關係嗎？百年來持續戰爭的理由與星紋的有無相關嗎？不對吧？和這『沒什麼大不了的圖紋』根本無關。」

無論是帝國兵還是星靈部隊都一樣。

如今已沒有任何人在乎百年前引爆戰爭的原因為何。在對起因一無所知的狀況下，戰爭就這麼持續下去。

「也不是誰先動手的問題。這場戰爭如今已經成了單純的仇恨連鎖。我認為已經不是『是誰的錯』那種層次的問題了。」

「…………是呀。」

少女的唇瓣道出了嘶啞的嗓聲。

「……你說得對。本小姐和燐與你交手的理由也一樣。本小姐根本不恨你，只是因為誕生時背負了這樣的宿命。」

「唔！」

「既然如此，這不是與星紋完全無關嗎？差別只在於出生在哪個國家而已。」

冰禍魔女睜大雙眼。

她明白了。她明白了自己的弦外之音。

——無法相容的乃是思想和立場。

即使身為魔女，米司蜜絲身為第九〇七部隊隊長的身分也沒有絲毫動搖。這是因為她至今依然打算貫徹自身信念的關係。

「你的意思是，你完全不在乎本小姐星紋的意思是嗎？」

「我沒有需要在乎的理由。」

「……真的嗎？我的圖紋（這個）也是？你剛才不是嚇了一跳嗎？」

「初次看到比迄今所看過的星紋更為巨大的星紋，確實是讓我嚇了一跳。但若要打個比方，就像是看到全世界第一大的狗會產生的驚訝反應吧。」

再次沉默。

過了不久——

「……你可真是失禮。」

與微忿的口吻恰成對比。

涅比利斯的公主雖然眼角泛淚，但卻是輕笑出聲。她的嘴唇恢復了原有的嬌憐笑意，而這肯定不是伊思卡的錯覺。

「你啊，應該拿些更漂亮的東西來比喻啦。別說什麼巨大的狗，應該用『看到巨大的寶石』當成例子才對。」

「我對寶石不太了解，畢竟只是一介帝國的下級兵。」

「……傻瓜。」

少女輕輕一笑。

隨著她露出笑容，淚珠也跟著劃過臉頰。她隨即以指尖拭去淚水。

「那除了魔女這層身分，你又把本小姐視為什麼樣的存在？」

「我對愛麗絲的想法嗎？」

「沒錯。就是對本小姐的印象。若沒把我看成噁心的魔女，就把你對我的觀感說出來吧。」

「戰場上的勁敵。」

「———無禮之徒！臭小子，你竟敢如此冒犯愛麗絲大人！」

原本被兩人的氣氛帶著走的燐，在聽到這句話後才睜大眼睛回過神來。

她瞪向站在身旁的伊思卡。

「愛麗絲大人可是我等涅比利斯皇廳的公主。就算身手了得，像你這種無名雜兵，豈能輕率地以對等的立場稱她為勁敵———」

「無妨。」

「沒錯，愛麗絲大人也說無妨。你明白了嗎…………咦？」

燐愣愣地半張著嘴。

「……愛麗絲大人？」

隨從少女猛地轉過身去，隨即看到了難以置信的光景。

「胸口難受的感覺終於消失了。沒錯，我就是想聽你這樣的回答。」

冰禍魔女愛麗絲伸手指向伊思卡。

「不把我視為特例的無禮之徒。你只要保持這種認知就可以了。」

她的雙眼綻放著光芒。

就像是在生死關頭遇上救美英雄的公主那般，臉上滿是歡喜。

不是魔女。

不是星靈使。

也不是公主——

頭一次遇到願意正視「真實的我」的男性。

「……並不是本小姐一廂情願。」

「你也將我看成一名勁敵對吧？」

她為此感到開心。

而少女有力的嗓音更是如實呈現這份喜悅。

「我還得向你道歉呢。畢竟本小姐突然問了這樣的問題……」

看似害臊的愛麗絲撇過頭。

「若面對其他帝國兵，本小姐絕不會表現得如此失態。正因為面對的是你，我才說什麼都無法讓步。」

「愛麗絲，我也有重要的話要說。」

「是什麼事呢？」

「……那個……妳差不多該穿衣服了。至少也該穿個內衣褲。」

「咦？」

少女的肢體還帶著水氣。

也許是在剛才的互動中有些忘我了吧，愛麗絲沒發現原本用來遮掩身體前方的浴巾，已經從手中滑落下來了。

一絲不掛的濕濡裸身，就這麼暴露在伊思卡眼前——

「呀啊——！」

愛麗絲的臉龐再次變得通紅。她慌張拾起掉在地上的浴巾，這回總算好好地遮住身子。

「伊、伊思卡！你也太下流了！你剛才是盯著哪裡瞧呀！」

「是愛麗絲妳自己露給我看的吧？」

「本小姐又沒有那個意思！唔！伊思卡，你太狡猾了。既然你自稱勁敵，我們就該平等地一決勝負。你看了我的裸體，所以也把你的裸體露給我看吧！」

「愛麗絲，妳在說什麼啦！」

「愛麗絲大人何出狂言？請冷靜下來，愛麗絲大人！」

夜晚的王族專用貴賓室裡——

迴蕩著一名少年和兩名少女的慘叫聲。

Intermission 「暗中活躍」

被晨霧包覆的鋼鐵之都——

流經國境的聖愛札莉雅大河的水流被夜風捲起，化為無數水粒，於大清早降落市鎮之中。

涅比利斯皇廳，第十三州厄卡托茲。

從大樓縫隙間緩緩上昇的朝陽照射下，轎車內的銀髮狙擊手用力咬牙，把險些打出來的呵欠吞了回去。

「好久沒在車子裡過夜了。喂，音音，起床了。」

「……陣哥，現在幾點？」

「六點整。」

「啊唔，已經這麼晚啦……」

躺靠在副駕駛座上睡著的音音起身。她將睡翹的頭髮綁在腦後，恢復成平時的馬尾髮型。

「隊長？隊長，妳也該起床了！」

「…………」

「欸，陣哥，隊長睡得好沉耶。」

音音看向後座，露出苦笑。

在說不上寬敞的後座上，蜷起身子發出可愛鼾息的藍髮女隊長就躺在那兒。

這是澈底活用身軀嬌小的優勢所呈現出來的熟睡睡姿。

「該怎麼辦？」

「我們可不是來觀光的，快把她叫醒。」

「好的～欸，隊長、隊長——」

音音將身子探出後座。

這時——

在音音有所動作前，女隊長原本用來當成枕頭的通訊機忽然發出巨大的聲響。來電鈴聲劇烈作響，彷彿要將米司蜜絲的鼓膜震穿似的。

「呀啊！是、是誰惡作劇！是阿陣，還是音音小妹做的？用、用更溫柔一點的方式把人家叫起來啦……！」

「不是喔。音音和陣哥都還沒採取行動喔。」

「奇、奇怪？那到底是……」

起身的米司蜜絲拿起了通訊機。

『嗨～～第九〇七部隊的各位早安，睡得還好嗎？』

開朗快活的女性嗓聲傳來。

是使徒聖第五席，璃灑．英．恩派亞——理應在帝都待命的指揮官的聲音。

「在這麼小一台車裡哪能睡得好啊。要睡的話，睡在野營帳棚裡還舒適一點。」

『呵呵，聽到陣陣這麼有活力，咱也放心了喔？』

對於狙擊手尖酸刻薄的抱怨，女使徒聖聽起來卻是喜聞樂見。

『好啦，米司蜜絲，可以告訴咱妳人現在在哪裡嗎？』

「呃……是在進入第十三州都心後的第一座停車場裡喔。這裡有好多高聳的大樓，我們就停在大樓的陰影處。」

從車窗向外看的光景——

現在才早上六點。被晨霧包覆的市街上只有零星的人影，這座停車場裡也完全沒有人煙。

在灰鼠色的大廈群旁，是建設得井井有條的車道及位於兩旁的人行道。

這鋼鐵色大樓四處林立的景觀，不禁讓人聯想到帝國的都市街景。

「……感覺不怎麼像皇廳呢。」

『因為這裡是皇廳的邊疆呀。成為皇廳附屬州也只是五十年前的事，那些五十年前所搭建的大樓，基本上都是獨立國家時期維護至今的。』

和涅比利斯皇廳的中央州大不相同。

涅比利斯皇廳這座大國的特色——將美麗大自然和近代建築協調並存的莊嚴景觀，在第十三州似乎不怎麼風行。

『這不是剛剛好嗎？這裡混合了帝國和皇廳的文化，就算米司蜜絲你們外出走動，也不會惹人注目呢。』

「嗯、嗯……但人家還是很怕，不敢下車呢。」

『放心、放心。其餘的特殊任務部隊也進了不同的州，正在裡頭昂首闊步呢。他們不僅上了館子，還去血拚了呢。』

「咦咦！」

『因為這些行動對帝國來說都是寶貴的資訊呀。啊，不過可不能鬧得太嚴重而被抓喔。你們要是被抓了，咱是不會出手救援的，還請見諒。』

「——喂，使徒聖大人，我要問個更要緊的事。」

陣在駕駛座上大大攤開的紙張，是都市的地圖。

這是昨晚在書店購入的物品，如今已經被陣在上頭做了無數記號。

「是『這裡』吧？我雖然聽過謠言，但這個州裡還真的到處都是監獄。」

『哦？陣陣可真是機靈呢。』

愉悅的嗓聲從通訊機的另一端傳了過來。

『這個第十三州搭建了好幾座監獄塔，收容了皇廳國內外的囚犯。這裡會收取莫大的佣金收容窮凶極惡的罪犯，也因此發展得很是蓬勃。』

「昨晚看到警察在街上巡邏好幾次，也是因為這個原因嗎？」

警備隊的巡邏活動。

這些部隊並不是在提防來自帝國的入侵者，而是用來監視遭受收容的凶惡罪犯是否有逃亡的情事。

「那些傢伙也都是星靈使嗎？」

『當然囉。畢竟收監的罪犯之中當然也有星靈使的存在，其中也有犯過滔天大罪的「**超越**」──啊，沒事，咱剛才什麼也沒說。』

「嗯？妳剛才是不是有話沒說完？」

『好啦，陣陣，你可以先開車嗎？麻煩你離開那座停車場後往右轉。』

「……嘖，居然來裝蒜這一套。」

陣咂了一聲，隨即發動車子。

他遵循璃灑的導航駛出停車場，在狹窄的車道上奔馳。

『在下一個十字路口左轉，然後往前一直開──』

「那個，璃灑，差不多連人家都開始起疑了耶。」

『嗯？』

「璃灑，妳該不會在監視我們吧？」

頓時陷入沉默。過不了多時，米司蜜絲膝上的通訊機傳來了女指揮官貌似開心的笑聲。

『今天的米司蜜絲挺敏銳的嘛。是因為咱的導航太過精確的關係嗎？』

「因為……妳不可能用肉眼看到我們的車子呀。這裡可是敵方的都市，妳到底是怎麼幫我們導航的？」

『那就在那棟大樓後方停個車吧，這樣妳就會明白了喔？』

他們來到暗巷中。

車子停在密集大樓的後方——散落著廚餘垃圾的地點，眾人隨即下了車。

大概是某人隨地吐掉的口香糖吧，眾人感受鞋底踩在地面上所帶來的些許黏稠感，同時朝巷子的底端走去。

「真討厭……這裡又暗又窄，總覺得隨時有星靈部隊埋伏在這裡耶。」

「音音我也這麼認為。陣哥，要小心喔。」

「還能小心什麼，這可是指揮官大人的指示啊。」

陣扛著偽裝成高爾夫球袋的防震槍箱，重重地吐了口氣。

然而，什麼事都沒發生。

被迸出裂痕的牆壁三方包圍的空地，就是這條巷弄的盡頭。

「嗨～第九〇七部隊的大家早啊。」

「璃瀧？」

站在巷弄盡頭處的不是別人，正是指揮官璃瀧本人。

看到這幅光景，陣露出驚訝的眼神並皺起眉頭；音音則是倒抽了一口氣；至於米司蜜絲則不禁驚呼出聲。

為什麼？

所謂的使徒聖是天帝的直屬護衛。雖說偶爾會因為爭奪星脈噴泉一類的特殊狀況而被派遣至戰場上，但原則上活動範圍都僅限於帝國領土內。

如今使徒聖居然出現在皇廳的國境內？

「咦？為、為什麼璃瀧會在這裡？」

「那還用說，當然是因為咱很重視米司蜜絲，所以才跟過來的呀？」

女使徒聖展露活潑的笑容說道。

「好啦，既然大家都到齊了，咱們就快點出發吧。」

「……咦？要、要去哪裡？」

「這不是明擺著嗎？」

她摸著米司蜜絲的頭頂。

使徒聖第五席，璃灑·英·恩派亞瞇細了眼鏡底下的雙眸。

「當然是前往小伊伊被關押的地方，『朝監獄塔發起突擊』啦？」

Chapter.4 「『超越』的魔人薩林哲」

1

在陽光的照射下反射出銀光的大廈群——

於夜間沉澱下來的晨霧，被早晨吹拂而過的大廈風一掃而空，宛如溶於虛空似的消失無蹤。

旅館內的王族專用貴賓室。

在四面都被玻璃窗包覆的樓層之中，愛麗絲正優雅地眺望底下的風景。她長長的金髮在陽光的照耀下，發出了耀眼的光芒。

伊思卡則是站在她身旁，茫然地看著這一幕。

——被鎖鍊綁住彼此的少年與少女。

細細的鎖鍊連接兩套手環——伊思卡的是手銬，愛麗絲的則是腕輪。

這是愛麗絲為了不讓自己逃跑而作的處置。

安眠藥的後遺症已經在昨晚澈底消散。如今拘束伊思卡的只有雙手上的手銬，以及連接著她的鎖鍊而已。

「好痛！」

「喂，帝國劍士，不准你再靠近愛麗絲大人一步。」

伊思卡的正後方。

隨從少女手持水果刀，以幾乎是緊貼的姿勢用刀尖抵著他的背部。愛麗絲身穿王袍，而燐則是一如往常地穿著女傭服。

「怎麼看都有鬼。你八成是想湊近愛麗絲大人，尋找機會偷襲……」

「我是因為被鐵鍊綁住的關係，才拉不開距離啦！」

「那麼，你為何緊盯著愛麗絲大人？」

「……妳是要我看著那棟監獄塔嗎？我可沒有興趣凝望說不定會關押我的建築物啊。」

感覺就像是步上死刑臺的囚犯一樣。矗立在眼下的監獄塔，肯定就是自己的斷頭臺吧。他說什麼都不打算把視線挪到那棟建築物上。

「欸，燐，別這樣嚇伊思卡啦。他又不見得會進監獄。」

身為主子的少女這麼叮囑。

「本小姐昨天不是確認過了嗎？這回擄人的手法並不是皇廳（我們）該使用的方法。雖說會要求贖金，但只要交涉成立，我們就會放他自由了。」

「小的明白，可是……」

燐轉身環顧主子和俘虜(伊思卡)，用力嘆了口氣。

「帝國劍士，算你這個人命大。若不是愛麗絲大人慈悲為懷，你就得蹲在『奧瑞剛』裡過一輩子了。」

「奧瑞剛？」

「我沒有說明的義務……愛麗絲大人，我這就前往一樓向中央州進行聯絡。由於昨天和今天都不在王宮，我得確認這段期間的行程。」

燐恭敬行禮後，轉過身子。

在目送她離開房間後——

「看得見嗎？」

鏘——鎖鍊摩擦的音色傳來。

愛麗絲的手腕纏著與伊思卡相繫在一起的鎖鏈。她用那隻手的指尖指向玻璃窗的另一頭。

「矗立在地平線的那三座建築物，就是監獄塔。」

「妳是說兩座較矮、一座較高的那些高塔？」

「沒錯。較高的那一座就是奧瑞剛監獄塔。那裡是戒備最為森嚴的監獄塔，也是收容凶惡罪犯的地方。」

「……原來如此。」

可別對愛麗絲大人出手喔？

燐在離開房間前所說的話，就是帶有這番意涵的恫嚇吧。

「是真的關了那麼多可怕的罪犯嗎？」

「『除了一個例外』都很普通。畢竟也不是每個凶惡罪犯都是實力強大的星靈使。本小姐小時候還曾去參觀過一次，當時就我所見，受刑人都銬著手銬，乖乖地在牢房裡席地而坐呢。」

「……妳說的那個例外是？」

「地下室。奧瑞剛監獄塔就連地表之下都設有監獄。當時的獄卒說什麼都不肯讓我看看位在最深處的牢房呢。」

就連堂堂公主都不得參觀？

能立刻想到的可能性有二。其一是監獄裡的狀況太過血腥，不適合讓人參觀。

其二是收監於該處的囚犯——

「『超越』的魔人薩林哲。我想你應該也沒聽過這號人物，還是說你已耳聞過了？」

「不，我完全沒聽過……不過，是因為被收監的關係嗎？」

「你想問什麼事？」

「愛麗絲，妳剛才用了『魔人』這個字眼吧？」

伊思卡對魔人薩林哲一無所知。

但他之所以會開口詢問，是因為涅比利斯皇廳的公主居然對同胞使用了「魔人」這個稱呼，這讓他很是吃驚。

……將寄宿星靈者稱為「魔女」或「魔人」，是帝國的陋習。

……涅比利斯皇廳不都統一稱呼為「星靈使」了嗎？

而視兩國談和為最終目標的伊思卡，在沒有特殊意圖的狀況下，也會盡可能稱呼對方為「星靈使」。

身為希冀兩國和平之人，絕不能使用這樣的蔑稱。

「愛麗絲，我以為妳聽到帝國人用這種稱呼的時候會生氣呢。」

「本小姐當然會生氣呀。」

「……那為什麼剛才會用『魔人』稱呼那個囚犯？」

「本小姐也不想這樣稱呼呀，但這就是規矩。皇廳會收容所有的星靈使，並加以保護。但對於犯罪之人，就有必要降下懲罰。所以根據規矩，被關在監獄裡的星靈使，就會被稱為魔女或是魔人。」

「…………」

「『超越』的薩林哲曾對上一任女王舉刀相向，是試圖顛覆國家的重刑犯。魔人這個蔑稱，便是犯下這種罪過之人所要背負的十字架喔。」

這並不是歧視用語。

而是犯罪的證明。

若換作是帝國的話，敢向天帝舉刀相向之人，唯有當場處決一途。會將人押入大牢了事，是因為女王心胸寬大的關係嗎？

「不過，那也是三十年前的事了。」

愛麗絲聳了聳肩。

「那是涅比利斯七世在位時所發生的事。而在那之後，那座奧瑞剛監獄塔的最深處，就一直是魔人薩林哲的巢穴。」

「……他之所以反抗王權，是因為對女王有所不滿嗎？」

「不是。」

「還是打算自行稱王？」

「真可惜，還差一點。」

擁有王位繼承權的公主，驀地抿緊雙唇。

她伸手抵著玻璃窗。

「那名魔人，『打算讓自己成為在王之上的存在』。」

「咦？」

「好了，這件事就說到這裡為止……真是的，這太不妙了。被你這麼一問，本小姐就忍不住說溜嘴了。老實說，光是剛才那段說明，就已經是最高機密了。」

愛麗絲有些窘迫地露出苦笑，以纖細的手指戳了伊思卡一下。

「可不能回報給帝國知道喔？」

「……這我知道。」

「啊，還有，也不能對燐說喔。要是本小姐對你說過魔人薩林哲的事被她知道了，她肯定更不想讓你活著回──」

「愛麗絲大人。」

「呀──！」

愛麗絲以幾乎要撞上天花板的勢頭彈起身子。

「有、有什麼事嗎，燐？」

「小的才想問您呢。您剛才那宛如幼犬般的悲鳴是怎麼了？真是的，您這樣很沒有身為公主的風範──」

「那又不會怎樣。話說回來，發生了什麼事嗎？」

燐展露出連伊思卡都無法察覺的些微緊張感。但是身為主子的愛麗絲卻能一眼看穿她細微的變化。

「小的有事報告。不過……」

「伊思卡很礙事嗎？」

「不，我判斷不成問題。不如說這名男子在場反而更好。」

茶髮少女瞥了伊思卡一眼。

接著再次轉向主子。

「疑似有人闖越了國境進犯。」

「……妳說什麼？」

「除了中央州之外的十二州，居民們都目擊到了打扮突兀的團體。考慮到有可能是帝國派遣的隱密部隊，上層已經發布了警戒布告。」

「是本小姐們從中立都市離開時受到追蹤嗎？」

「不是。」

聽到愛麗絲的話語，隨從少女搖了搖頭。

「當然受到追蹤的可能性並非全無。但說起來，帝國軍要闖越我國國境應當是難如登天……對吧，帝國劍士？」

「我什麼也不知道。」

他謹慎地挑選用字，將被銬住的雙手高高舉起。

難道是俘虜（這廝）提供了某種線索？

若是帝國軍真的在這個節骨眼上入侵成功，那最先遭受懷疑的就會是自己吧。這可不是在開玩笑的，完全是空穴來風的栽贓。

「這兩天，我一直都待在這裡。我多次受到搜身，就連通訊機都被沒收了。至於皇廳國境的警備有多森嚴，妳們應該比我更清楚才是。」

星紋審判——

帝國兵要是打算偷渡皇廳國境，那將會是風險極大的選擇。一旦遭到逮捕，就會在刑求之下將帝國的機密吐個一乾二淨。

然而——

伊思卡確實知道一個能跨越皇廳國境的帝國居民。

……該不會是米司蜜絲隊長？

……那名寄宿了星靈的女子，只要秀出肩上的星紋，應該就能越過關卡了吧。

但可能性可說是極低。畢竟能用上這種手段的僅有米司蜜絲隊長一人，她真的會拋下陣和音音獨自行動嗎？

……米司蜜絲隊長不會做出如此輕率的行動。

……說起來，陣和音音是絕對不會讓她這麼亂來的。

因此才會回答「我什麼都不知道」。

他向愛麗絲作出的回答，毫無疑問是出自真心。

「本小姐可沒有質疑你的意思。畢竟我倆一直待在一起呀。」

愛麗絲解開了腕輪上的鎖。

聯繫兩人的鎖鍊被解開，愛麗絲成了自由之身；而伊思卡依然處於雙手被銬住的狀態，無法動彈。

「燐，妳說第十三州之外的州也都有目擊到行跡可疑的團體對吧？那這很明顯不是出自於他的誘導，也並不是我們遭到了跟蹤。」

「是的。那是極有組織性的行動。」

「我們就遵照女王大人（母親大人）的命令行事吧。本小姐去外面稍微散步一下，燐就留在這裡。至於伊思卡——」

她輕輕以手指攏起被陽光照耀的金黃色瀏海。

並將強烈的意志注入話語之中。

「本小姐希望能和平地將你釋放。但就如你剛才聽見的，狀況已經不允許我這麼做了。縱使想分離也離不開……和你的緣分就是如此奇妙呢。」

冰禍魔女愛麗絲就此離開了王族專用貴賓室。

2

日落時分──

宛如正在燃燒的橘紅色天空，正要開始沉入大樓的另一端。扭曲的高塔影子落在寬廣的草坪上，朝著遠方延伸而去。

那是奧瑞剛監獄塔。

監獄塔乃是第十三州厄卡托茲的象徵，而奧瑞剛監獄塔更是專門收容凶惡罪犯的地方。

腹地被冰冷的鐵圍籬包圍，窗戶則加裝了鐵柵。

「和帝國的監獄差沒多少啊。說是這樣說，但這設計似乎是上一世代的帝國監獄啊。」

地下三樓──

陣藏身在突出的牆壁死角，壓低聲音咕噥道。

「石造的狹窄走道和牆壁，照明燈嵌在強化玻璃裡頭，鋼鐵打造的牢房，而大門光是其中一側就有超過三十公斤的重量。光是試圖開門似乎就得花上不少力氣。」

「……是呀。人家也這麼認為。這裡沒用智慧型的認證系統呢。」

米司蜜絲隊長在身旁附耳說道。

「帝國的監獄採用自動門，也能在囚犯逃獄時透過監視器感應，但這裡沒有這類設備呢。對吧，音音小妹？」

「嗯～」

音音排在三人最後方。

藏身在暗處的馬尾少女環視起地下樓層的狀況。

「大概是怕被弄壞吧。」

「咦？」

「監視器都會裝在天花板的角落對吧？可是這裡收容的罪犯包含了魔女和魔人對吧？這類囚犯一旦逃獄，就會施放星靈術，毀掉礙事的監視器嘛。」

「啊，是這樣呀……！」

米司蜜絲恍然大悟。

——囚犯也會使用星靈術。

即便是帝國開發的「反星靈兵器」，僅是灑下擾亂星靈的電波二至三秒，就已經是極限。

目前不存在讓星靈術無效化的方法。

為此，監獄有必要打造得固若金湯。

「機械式的大門應該也不行呢。若是用上強大的星靈術，就能輕鬆破壞薄薄的機械式大門逃出去。如果是音音我擔任監獄的建築師，應該也會這麼設計吧。有這麼厚重的石牆，縱使是炎之星靈和風之星靈應該也都沒辦法破壞才對。」

身為通訊技師的音音，還有另一個身分。

這名機工士還在就讀士官學校的期間，就已經受到帝國的壓制兵器開發局挖角。若沒遇上伊思卡、陣和米司蜜絲，這名少女恐怕已經成了足以扛起兵器開發局門面的研究員了吧。

「那這座監獄之所以會往地下挖，也是基於保全的緣故嗎？」

「應該是吧。以我們的價值觀雖然難以想像，但對他們來說，與其建造朝天聳立的高塔，還不如打造深埋地底的監獄更為合適吧。」

地上五層，地下十一層。

這就是奧瑞剛監獄塔的構造。要上下樓層僅能透過階梯移動，而塔內的階梯也只有公眾階梯和逃生階梯兩座而已。

「我們現在是在地下三層對吧？那麼音音，現在幾點了？」

「晚上七點，還有四小時呢。」

「就是這麼回事。我們要在這裡待命到晚上十一點，這段時間沒什麼事要做，只需在緊急狀況（意外）發生時作為救援隊出動。」

陣扛起肩上的狙擊槍，將身子靠上牆壁。

空氣沒有流動的跡象。每次呼吸都會聞到黴味，是因為這裡是地下監獄的關係吧。

「隊長，可別喊出聲啊，不然會被關在牢房裡的囚犯聽見的。要是讓他們大聲喊獄卒過來可就麻煩了。」

「人家才不會毫無理由地放聲大叫啦！」

米司蜜絲隊長掩著嘴角說道。

「欸，阿陣，阿伊真的被關在這裡嗎？璃灑雖然說『很有可能』，可是……」

「這可是指揮官大人發起的作戰。無論可能性是高是低，既然都被命令『跟著我來』，我們也只能硬著頭皮跟上了。」

「小伊的所在之處是奧瑞剛監獄塔。」

「畢竟他可是被帶去第十三州了呀。嗯，應該說那邊的可能性最高吧，尤其是最下層一類的地方。」

監獄區。

在涅比利斯皇廳的國土之中，這個州有著這麼一個特殊的外號——第九〇七部隊也在事前調查過這項資訊。

「在把伊思卡擄走後，那裡是最適合關押的場所。不過……」

「你、你看出什麼端倪了嗎，阿陣？」

「下定論的速度也太快了。使徒聖可是天帝的直屬護衛，光是離開帝都就是極為罕見的狀況——而且還是在遇上『爭奪星脈噴泉』這種特例時才會動身的人。」

星脈噴泉是能強化星靈使的可怕資源。

為此使徒聖無名才會為了「澈底奪取」這個目的親上前線。但這回的狀況又是怎麼回事？

「這是值得使徒聖親自動身的任務嗎？」

「可、可是……璃灑應該是把營救阿伊一事的重要性，和占據星脈噴泉劃上等號了吧？」

「七個。」

「七個？」

「是這個州的監獄塔總數。關押伊思卡的監獄塔一共有七個候補，但璃灑卻毫不猶豫地選了這裡。這是為何？以那位使徒聖大人的個性，是絕對不會拿直覺云云當成依據的吧？」

「不像璃灑的……作風嗎？」

「在沒有十足的把握前，她是不會採取行動的。這可能是她已經掌握伊思卡在這裡的資訊，不然就是——」

「不、不然就是？」

「營救伊思卡一事有可能根本就是謊言。」

在三人的背後——

銀髮狙擊手瞥了一眼通往地下十一樓的階梯，苦著臉恨恨道：

「她是因為另一個理由而來……是下級兵（我們幾個）沒資格知曉的理由。」

美麗的奏鳴曲流瀉而出——

鋼琴演奏樂自天花板的喇叭傳出，響徹廣大的地下樓層。

奧瑞剛監獄塔地下十一層。

無論是天花板還是牆壁。

所有的空間都成了美麗草原壁畫的畫布。石造地板鋪上了厚實的紅毯，每在上面踏出一步，就能感受到舒適的觸感。

「使徒聖？喔，是天帝的走狗啊？真虧妳有辦法跨越國境來到這裡。」

話語中夾雜著嘲笑與讚嘆。

男子的話語聲混雜著起伏的兩道情緒。

「就准妳報上姓名吧，帝國人。」

「在下是璃灑．英．恩派亞。請問可有必要為見面作預約？」

「免了。就算妳預約了，我也沒打算記住。」

走道的左右被一片厚達數公分的玻璃牆隔開。

站在玻璃牆前方的，是戴著黑框眼鏡的高挑女使徒聖。

璃灑．英．恩派亞——站在這裡的她，此時身上正穿著貼身的迷彩服。

「『超越』的薩林哲，於三十年前鋃鐺入獄的皇廳魔人——在下雖然從天帝陛下那兒聽聞了這些訊息，但您看起來相當年輕呢？敢問您真的是本人嗎？」

「哈！」

位於玻璃另一側的男人笑了。

牢房播放著奏鳴曲，以美麗壁畫裝飾，甚至還大搖大擺地擺了一張沙發。一名白髮男子即橫躺在那張沙發上。

「居然敢對我大言不慚。女狐狸，妳是因為有天帝當靠山，才有這份自信嗎？」

「豈敢、豈敢。」

女使徒聖搖搖頭，讓抹上口紅的嘴唇盈盈一笑。

「咱只是看到了一位帥氣又充滿男人味的男士，才會如此讚嘆——況且還打著赤膊。咱差點看得入神，連任務都要忘掉了呢。」

「隨妳便。想看就儘管看吧。」

高挑男子嚴肅地回應。

男子留著一頭髮質偏硬的白髮、白皙的肌膚和輪廓深邃的五官。他的目光銳利，表情滿溢著絕對的自信。

他美麗的容貌堪比雜誌上的一流名模。而這名男子正裸著上身，仰躺在沙發上頭。展露無遺的肉體沒有一絲贅肉，被鍛鍊得極為結實。

他所散發出來的健壯男性美，足以讓世上的女性為之吸引。

「但這可真是有意思啊。叫璃灑的傢伙，妳是如何深入此地的？腹地的入口、設施玄關和公眾階梯應當皆有獄卒把關。妳把他們都殺光了？」

「咱用的是溫和的手段喔。」

女使徒聖取出了一張紙。

探監許可證。

按理來說，這是僅有涅比利斯皇廳的國民才能申請的入場證。而申請的若是地下十一樓，則更會嚴加查證持有者是否真為本人。

「為了這種狀況，咱特地取得了國籍。」

「雙重國籍。所以妳擁有帝國和皇廳的國籍？」

「但還請您保密。要是遭人察覺帝國人入侵此地，咱之後會不好行動的……算了，就算特地提醒，對您來說也是——」

「無關痛癢的小事。我明天就會忘了。」

帝國士兵侵入涅比利斯皇廳，甚至出現在自己面前。儘管如此，白髮男子沒有絲毫動搖。

——「超越」的薩林哲。

被關押在奧瑞剛監獄塔最底層的魔人。

但這層樓又是怎麼回事？

奢華的程度宛如王公貴族的寢室。不僅鋪了紅毯、放了沙發，房內還播放著優雅的音樂。

「哦？妳在為這裝潢感到困惑嗎？是我命令所長弄來的。」

「哦——魔人閣下的待遇果真不凡。」

被關在牢房裡，卻還能威脅所長的囚犯。

從這個房間的擺設看來，薩林哲這名男子的影響力可見一斑。

「這就暫且不提了，畢竟咱沒時間在這裡享受音樂，就容咱開門見山地說吧。需要告知您咱來這裡的理由嗎？」

白髮壯漢沒有回應。

說吧——對於魔人不動聲色的催促，直屬於天帝的女幹部如是回答：

「咱將為您安排逃獄的路線，還請立刻行動。」

「…………」

「唉呀？您看起來似乎不怎麼開心呢。」

「女狐狸。」

仰躺的男子動了動喉嚨，發出明顯充斥怒意的話語。

「妳可知道我是誰？」

「『超越』的薩林哲，抱持著『企圖超越王室』的野心，於三十年前單槍匹馬攻入王宮，是前所未見的罪犯。雖說殺到了女王的跟前，卻被始祖的血族擋住去路。您的對手……記得有兩個人對吧？」

「是三個。別把女王本人也忘了。」

「哦哦，原來如此。」

對於一名叛賊，涅比利斯的血脈卻出動了三人之多。

璃灑當然也明白這是極不尋常的事態。她已澈底調查過三十年前的事件。

「『尊貴並不依附於血脈，而是寄宿於理念』——這似乎是您的口頭禪。」

「那妳就該注意自己的嘴巴。」

男子吊起眉毛，在端正的臉龐上顯露怒意。

「為我安排逃獄的路線？妳是想讓我低頭求情嗎？既然妳身為天帝的直屬，就不該弄混發言的先後順序。」

「這可真是失禮了。那容咱重新訂正來意。帝國即將發起大規模的侵略作戰，而我方希望能借助您的力量。」

「目標是中央州？」

「是的。具體來說，就是要攻入涅比利斯王宮。」

璃灑以中指推了一下鏡架。

她俯視著面露訝異的魔人，繼續說道：

「米拉蓓爾．露．涅比利斯八世。」

「…………」

「這個國家無人不知的現任女王，同時，也是在三十年前與涅比利斯七世並肩作戰，將你擒拿的勇者之一。」

「哈，可笑至極。」

仰躺的男子閉上眼睛。

「妳想煽動我進行報復？真是無聊。所謂的報復不過是匹夫之勇的展現，與我的美學不符。而說起來，我根本沒有打算出手欺凌那個小姑娘（米拉蓓爾）的意思。」

「…………」

「不過……」

他睜開一隻眼睛。

半裸的魔人緩緩從沙發上起身，向前伸出雙臂。

「我在這地下室住得有些膩了，也確實是個事實——好吧。如果妳有那個本事，就試著摧毀這對腕輪吧。」

綻放著黑色光澤的石造腕輪。

他將嵌在雙手上的束縛物秀給璃瀰觀看。

「這是『星之民』留下的靈裝之一。這對腕輪雖然只是仿造的贗品，但對於星靈使來說依舊是個威脅。」

「嗯，咱當然也很清楚。」

啪哩。

女使徒聖點頭回應後，她面前——阻絕了兩人的玻璃牆驀地迸出了裂痕。然而，兩人都沒有伸手觸碰玻璃一下。

「我會隨心所欲地行動。雖說會以中央州為目標，但我不會接受妳的指示決定時機。」

「這樣就夠了。您將離開這裡。一旦『超越』的薩林哲從監獄塔消失的消息傳開，中央州就會陷入一片混亂之中。」

碎裂。

薄薄的玻璃牆碎成數千碎片，宛如細雪般飄散在半空中。在刺眼的光之碎屑的映照下，白髮囚犯站起了身子。

「該出發了。『我將超越王族』。」

＝＝＝

震耳欲聾的警報聲響起——

從地面喇叭傳出的巨響穿透了水泥牆，在地下三樓持續迴蕩。

「哇！這、這是怎麼了？」

靠在牆上的米司蜜絲表情一陣抽搐。

是在不知不覺中被監獄塔的獄卒發現了嗎？在提心吊膽地躲藏到一半的時候聽到這種警報，

肯定會感到慌張的。

「被發現了嗎？咦，可是時間點好像怪怪的耶？」

「是啊。我們一直在這裡待命。這段期間雖然有不少獄卒（警衛）經過，但這陣警報如果是針對我們的，那早就該響起了。」

陣將狙擊槍從肩上放下。

「話雖如此，如果是別的客人潛進來，時機也太剛好了。既然如此——」

「啊！該不會是璃灑出事了？」

「伊思卡有很高的機率會被關在這裡，所以我去探查狀況」——璃灑這麼說完並出發後，已經有接近一個小時沒有回報了。難道說她被人發現了嗎？

然而——

有能耐占據一席使徒聖之人，真的有可能犯下如此基本的失誤嗎？

「噓。隊長和陣哥都安靜一點！」

音音豎指抵唇。

馬尾少女以嚴肅的目光向上看去，隨即從逃生階梯的上方傳來了好幾道腳步聲。

「……獄卒？奇、奇怪，可是——」

「那不是獄卒，是來追緝囚犯的鎮壓部隊。」

所有人的手上都握著反星靈盾牌。

其原型是帝國軍開發的盾牌，既能隔絕炎之星靈術的熱浪、抵擋風之星靈術的真空刃，也能抵禦雷之星靈術的雷擊。鎮壓部隊手上拿著的，恐怕是帝國盾牌的仿製品吧。

「防具與帝國軍有九分像，用來對付星靈使囚犯可說是再適合不過。既然如此，這些人的目標應該就不是音音我們才對。」

「那會是璃灑嗎？這、這可不妙了！得快去救她……」

米司蜜絲隊長露出下定決心的神情，拿著手槍。

「因為璃灑是人家的朋友呀。」

「隊長，這種時候要稱她為指揮官啦。」

「沒關係啦！總之……人家已經受不了了。阿伊被抓的時候，人家沒辦法出手營救，而這回又輪到璃灑被盯上……」

她臉色鐵青地緊咬下唇。

「人家一定要去救她。」

以發顫的小巧手掌緊握手槍的模樣，看起來就像個奉上祈禱的祭司般惹人憐愛，卻又散發著凜然的氣勢——

「喂，隊長！妳的左臂……！」

「咦？」

隸屬帝國軍的魔女沒有發現。

她的左臂散發出光芒。

綠色的星靈之光，從她的衣服底下竄了出來。

「咦？這是怎麼回事？阿陣，人家的左肩怎麼會這樣？」

「我哪會知道啊。這怎麼看都是星靈的光芒啊。」

米司蜜絲慌張地用手按住自己的肩膀。即使貼上了膚色貼紙，又罩上一件外套，也遮不住這道光芒。

「隊長，快把這道光芒藏好。」

「就、就算沒有你提醒，人家也已經努力在——」

就在她按住外套，試圖遮掩光芒的時候——

地底傳來衝擊，震撼了整座奧瑞剛監獄塔。

那是宛如大規模轟炸般的巨響和衝擊波。

幾乎要讓人失去意識的強烈衝擊扭曲了石造牆面，在迸出裂痕的同時，石屑從天灑落。

「……剛剛那是怎麼搞的？是在地底引爆了火箭砲嗎？」

「陣、陣哥，還在繼續晃耶！」

地底的轟鳴聲沒有止歇。

就連陣也只能勉強維持姿勢，至於音音和米司蜜絲則是抱著彼此站穩身子，但換作一般人的話，肯定已經摔倒在地了。

『啊，喂？米司蜜絲還好嗎？』

「璃灑？」

『喔！太好了，妳似乎沒事呢。不過，鎮壓部隊好像已經往地下移動了，最好小聲交談比較好喔？』

沒有遮掩的嗓聲從通訊機傳了過來。

那老神在在的口吻不帶一絲一毫的緊張感。

「原來妳平安無事，太好了……！」

『咱嗎？咱當然不會有事啦。所以米司蜜絲，你們可以開始逃了喔。』

「……咦？」

『你們聽見剛才的巨響了嗎？有人打壞了地下的牆壁鑽入地底，然後用土之星靈術開出了一個直通地表的大洞呢。哎呀，星靈術真是了不起呢。』

「等、等一下，璃灑！那、那個……阿伊呢？」

『啊，抱歉囉，米司蜜絲。』

她以故作悲傷的語氣說著。

『咱找了半天，卻沒看到小伊伊的身影。待在最深處的是個很強的魔人，他在大鬧一番後，事情就變成這樣了。嘻嘻？』

「……呃……那個……」

『如此這般，第九〇七部隊的各位，你們要找的小伊伊不在這裡，所以眾人就此撤退。還請別被監獄的鎮壓部隊抓到喔。』

「這是怎樣啦——！」

隨著「噗滋」一聲，通話被單方面掛斷了。

看到米司蜜絲愣在當地，陣隨即用力拍了一下她的肩膀。

「該走了，隊長。」

「好痛！」

「雖然搞不懂那個使徒聖在這裡搞了些什麼事，但首先能確定的是，我們幾個帝國兵已經入侵了這座監獄塔，而這件事被皇廳方面的人發現了。然後，使徒聖正透過另一條路線逃亡，而我們也該逃了。」

「陣哥，音音我們該不會是誘餌吧？」

為使徒聖璃灑爭取逃跑時間的棄子。

第九〇七部隊之所以必須跟著潛入這座監獄塔，難道就是為了這個目的？

「就結果來說是這樣啊。雖說看不出她的真正意圖，但在這裡思考也是浪費時間。問題在於接下來該怎麼辦。」

在陣仰望階梯上方的這段期間，腳步聲接二連三地傳了過來。

大部分的鎮壓部隊都朝著更下方的樓層前進，但其中的六個人停留在他們所在的地下三樓開始進行巡邏。

「……被包圍了。那個使徒聖……有空聯絡的話，難道不會早兩分鐘打過來嗎？」

陣咂了一聲。

地下二樓和地下四樓都被鎮壓部隊設下了陣仗。而這裡——地下三樓，也有六人組成的武裝部隊進行巡邏，查看各處牢房的狀況。

雖然他們還在查看另一側的牢房，但很快就會找到三人的藏身之處吧。

這已經不是夾擊兩字就能形容的狀況了。

他們遭到鎮壓部隊澈底包圍。

「欸，這下糟糕了耶。音音我們身上的武裝幾乎和沒有差不多耶……！」

在穿越國境的時候，他們就已經將帝國製的武器盡數放在帝都裡頭了。

陣的狙擊槍裡只裝了少許彈藥。

音音則是帶著電擊槍和反星靈手榴彈。而米司蜜絲由於將伊思卡的星劍收在背包裡，因此和赤手空拳沒什麼兩樣。

「正面交戰沒有勝算啊。在這種狹窄的走廊上根本沒辦法戰鬥。」

對手是全副武裝的星靈使。

要是被星靈術攻擊就無處可逃；倘若展開反擊，對方顯然會立刻呼叫增援。

——該藏身到被他們發現為止？

——還是該立刻衝出去被他們發現？

毫無希望可言的二選一。

無論作何選擇，都免不了與鎮壓部隊一戰。若是全力抵抗，或許還能讓其中一、二人衝出包圍網逃出生天，但要讓三人全數生還的機率實在是低得讓人絕望。

「若想引發奇蹟，讓我們三人平安逃出地面的話……」

陣這句話的後半段不言自明。

若想要求高回饋的話，就得背負高風險。換句話說——

「需要有人當誘餌。不過，應該是我來幹吧。」

銀髮青年嘆了口氣。

「音音和隊長在這裡待命。我會衝出去吸引注意力，然後在鎮壓部隊（那些傢伙）露出破綻的時候，就將他們一網打盡。懂了嗎？」

「等、等等啦，陣哥！你說一網打盡……那才是適合陣哥的作戰崗位吧？誘餌要由音音我擔任才行啦！」

「妳沒辦法讓那些傢伙感到畏縮。看看妳自己的打扮吧。」

如今的音音變裝成一般市民的模樣。

若是身穿帝國的戰鬥服，那鎮壓部隊或許還會抱持警戒，但在這種狀況突然冒出身穿便服的少女，真的有辦法引出整個鎮壓部隊嚴陣以待嗎？

答案是否定的。

他們頂多只會派出一到兩人前去捕捉音音，剩下的人則會繼續巡視牢房吧。

「妳衝出去和身為男人的我拿槍衝出去，妳想想哪一方才能吸引鎮壓部隊的注意力吧。」

「……是、是沒錯……可是音音我和隊長的火力不夠，就算真的找到破綻，也很難一鼓作氣擊敗那麼多武裝部隊呀。這波攻勢下說不定會有漏網之魚，而要是陣哥在這段期間遭受攻擊，豈不是完蛋了嗎？」

「那就該祈禱不讓狀況走到這一步啊。喂，隊長，這樣行吧？」

「——」

「隊長？」

架起狙擊槍的青年，以及緊握電擊槍的少女。

在感受到兩名部下投來的視線後，米司蜜絲抿緊雙唇，用力掐住自己的左肩。

……好可怕。

……而且自己絕對不想做「那種事」。可是……！

她心意已決。

若要守護部下，自己能做到的事情就是——

「誘餌就由人家來當。」

「咦？」

「喂，隊長，妳有聽我說話嗎？身穿帝國的戰鬥服也就算了，現在身穿便服的妳就算衝出去，也嚇不了鎮壓部隊啊。這麼做根本沒辦法吸引——」

「有辦法喔。」

她將沒講完的話用行動代替。

米司蜜絲拿起藏在身上的小刀，用力劃開自己的外套。她將外套切成汗衫般的形狀，讓左肩以下的肌膚顯露出來——

沒錯。

這件事她說什麼都不會去做。因為這是承認自己是魔女的行為。

然而——

「『現在的人家可是魔女呀』。」

她撕下膚色貼紙。

魔女的星紋——寄宿著星靈的圖紋，綻放出亮綠色的光芒。

「隊長？」

「喂，隊長，妳該不會！」

「這座監獄裡有很多被逮捕的魔女吧？既然如此——」

米司蜜絲不等部下們的反應，逕自將放了伊思卡星劍的背包向下一扔，隨即不容分說地從通道的陰影處衝了出來。

而且還處於能讓魔女星紋被人一眼看見的姿態。

「……『逃、逃獄成功』！」

米司蜜絲扯著嗓子喊道。

這應該能傳到地下三樓——從通道另一端逐漸接近的六名鎮壓部隊的耳裡吧。

「有人逃獄嗎？」

而隊長的賭注有了回報。

「果然在這裡嗎！」

「剛才的破壞行動是那個女的搞出來的嗎？肩上的星靈光……這是個強大的魔女。所有人，備戰！」

「上鉤了」。

米司蜜絲的搏命演出一如預期，讓鎮壓部隊的眼神一變。如此一來，他們肯定會認為自己（米司蜜絲）是越獄犯。

「不准動！」

不要動呀——

險些以平時口吻說出口的話語，在最後一刻被她吞了回去。

「人、人家的星靈……可以把你們這些小嘍囉輕輕鬆鬆地轟飛出去！那、那真的是很強的星靈喔！」

「————」

武裝部隊隔著走廊與之對峙。

他們豎起的盾牌能用來防禦星靈術。而這些人本身就是星靈使，想必也經歷過許多鎮壓逃犯的訓練，累積了大量的作戰經驗吧。

與之相較，米司蜜絲就連一種星靈術都使不出來。

這樣的虛張聲勢，究竟能管用到何種地步——

「遺言說完了嗎？」

站在部隊最前方之人輕聲說道。

「對於逃獄的魔女不需慈悲。根據監獄法總則第十九條，就地處決。」

「…………」

「全員突擊。」

身材魁梧的武裝部隊蹬地衝出。

但在他們邁步之前，米司蜜絲便已背對他們，朝著走廊直衝而去。一旦被抓就會沒命。越獄者會被就地處決——這當然也在她的預料之中。

假扮越獄犯的演技（賭博）。擔任誘餌之人所要背負的風險實在太大了。

然而——

「人家只能這麼做了。」

米司蜜絲咬緊牙關，不做任何喘息地向前狂奔。她的目標是走廊的拐角，一旦拐過那個彎，就會來到另一條狹長的走道。

「這就是人家現在唯一能扮演的角色……！」

左臂依然綻放著光芒。

陣和音音的人工星紋所散發的光芒，實在太過微弱了。

由於自己是真正的魔女，因此星靈之光格外強烈，也讓「自己是破壞牢房逃出來的強大魔女」的形象更有真實性，並順利吸引了鎮壓部隊的注意力。

……因為人家已經是魔女了呀。

……只要還擔任帝國隊長一職，我就得一輩子隱藏魔女化的事實。

既然如此──

待在這座魔女理想鄉的期間，就以魔女的身分胡鬧一番吧。

為了活著離開，她沒有一絲猶豫。只要能守護部下，她便不惜利用自己化為魔女的災難。

「再來就是看人家能逃多遠了……！」

要盡可能多吸引他們一分一秒。

要引誘他們移動，直到抵達適合狙擊後方鎮壓部隊的地點為止。

──啪哩。

就在這時，冰之藤蔓沿著牆壁逼來。

「冰之術？」

鎮壓部隊一共六人，這肯定是其中一員施放的星靈術。

冰之藤蔓貼著牆壁前行，宛如要絆住奔跑中的米司蜜絲般伸出根部。米司蜜絲以毫釐之差跳了過去。

……人家要冷靜。冰之星靈一點也不稀奇。

……再來還會有哪些？我不是在帝國反覆學習過那些具代表性的星靈術了嗎？

她將戰鬥全數交由部下處理。

自己要是參戰，只會反過來扯他們後腿，所以她總是在遠處旁觀。在為自己率領可靠的部下而感到驕傲的同時，米司蜜絲也覺得這樣的自己非常可恥。

但就只有現在——

「下一個是火焰？」

後頸感受到的熱浪讓她回頭查看。

只見一道火牆逼到眼前。這已經不是緝捕行動，而是認真處決越獄犯所發起的攻勢。

「唔！人家才不會……在這裡死掉呢！」

她縱身一撲，拐過了轉角。

在相隔不到一秒的時間，火牆便吞噬了身後的走道。但事情還沒完了。星靈之火在轉瞬間消失，鎮壓部隊的腳步聲從後方逼近過來。

——前方同樣傳來了腳步聲。

「被繞路包抄了？」

武裝部隊出現在米司蜜絲身處的走道前後，架起了反星靈盾牌。

熟知牢房地形的他們預判了米司蜜絲的逃跑路徑，分成兩隊堵住了她的去路。

「唔，既然如此……！」

雖然前後遭到包夾，但眼前還有另一處轉角。只要逃進那裡——

就在她扭轉身子的下一瞬間。

槍聲響起。竄過大腿的劇痛讓米司蜜絲摔倒在地。

「還真是費了我不少工夫啊，該死的魔女。」

槍聲再次響起。

當女隊長企圖起身之際，第二發子彈擦過了她的肩膀。那是大口徑的手槍——應該是從戰場上回收了帝國軍的槍枝，再加以仿造的吧。

「越獄犯，不對，應該是越獄未遂犯吧。接下來只要將妳就地處決，任務就完成了。」

手槍直指而來。

米司蜜絲倒在地上，槍口對準她的額頭。而從自己身後展開夾擊的男子也同樣舉起手槍。

「…………」

「那個眼神是怎樣？想求饒的話，就該露出更討人喜歡的表情吧？」

米司蜜絲沒有回應男子的挑釁。

「……打算將我凌遲處死嗎？」

米司蜜絲熟知槍枝的用法，也很清楚剛才的狀況。剛才那兩發並不是自己避開了彈道，而是對方為了恐嚇而故意打偏的。

又或者是因為自己是女性，所以想加以羞辱吧。無論是哪個原因——

「門外漢。」

在被槍口直指的狀態下，米司蜜絲毅然決然地瞪向男子。

「受傷的野獸可是很危險的。你老神在在地拿槍指人的模樣，在人家眼裡就和門外漢沒有不同。這是你不習慣處理這種場面的證據。」

「妳似乎還不明白自己的處境啊？」

冰冷的槍口指向她的額頭。

「受傷的野獸？妳哪裡看起來像野獸了？那個星紋……其星靈之光確實強勁，但想必不是用來戰鬥的類型吧？若非如此，妳早該施展開來了。」

「你一點也不懂耶。」

「不，我可是懂得很。妳並不是野獸，就只是個即將遭到處決的越獄犯。」

「——」

她咬緊牙關。

在被槍口指著的時候，任誰都會感到恐懼。

然而——

「這也符合人家的期望呢。」

既然都背負了這麼大的風險，她就要用演技闖過這一關。

「人家可沒說受傷的野獸是自己呀。」

「什麼？」

「你不妨看看身後有誰吧。」

「哈，想唬弄我啊。這裡還會有誰——」

他的聲音隨之僵住。不可能會有人在。而實際上，在鎮壓部隊的男子側眼看去的時候，確實沒看到任何人。

「包括鎮壓部隊的同伴在內」。

前來包抄越獄（米司蜜絲）犯的同伴共有五人。原本應當同進同退的腳步聲，卻莫名地消失無蹤——「最後一名成員」如今才察覺到這件事。

「唔！」

同伴倒在後方的走道之中。

而另一側的走道轉角也趴著幾名男子。

「……人家只需要爭取時間就夠了。只要你們小看人家、企圖來個折磨致死，人家就能讓部下們趁機擊倒敵人。」

帝國女隊長用右手遮住魔女的圖樣，高聲吼道：

「即使成了魔女，人家也是帝國人！才不會輸給皇廳（敵人）的部隊呢！」

『隊長，蹲下。』

狙擊（陣）手細微的說話聲從通訊機傳來。

與此同時，米司蜜絲一鼓作氣地低頭貼地。

——狙擊。

從走道後方射出的一顆子彈精確地從側面命中了直指米司蜜絲的手槍，使之向上彈起。

「隊長，讓妳久等了。」

在最後一人的身後——

音音宛如野獸般無聲無息地逼近，扣下了高壓電擊槍的扳機。

子彈貫穿了金屬纖維，強烈的高壓電流在一瞬間奪去了鎮壓部隊男子的意識。

男子隨即昏厥。

「……呼，這下這一層的敵人應該都收拾掉了。」

音音拾起男子鬆手放開的手槍，用力做了個深呼吸。

「太好了～隊長，真是千鈞一髮呢。妳的演技真是職業級的，把誘餌當得很——」

「音音小妹——————！」

「哇！」

「人家好怕！要是再慢個幾秒鐘，人家肯定會被開槍的啦！」

米司蜜絲撲向少女部下，用全力抱住她。

「乖喔、乖喔。隊長，被射傷的地方還好嗎？」

「嗯、嗯。只是一點擦傷……音音小妹和阿陣呢？沒受傷吧？」

「哪可能受傷啊。」

扛著狙擊槍的青年從走道後方現身。

「我只是從後方收拾追著隊長跑的傢伙而已，怎麼可能會受傷。那些傢伙都穿著防彈衣，所以挨了子彈大概也死不了吧。」

「要當成人質嗎？」

「不需要啦。我們就這麼往上跑，畢竟也順便補充到物資了啊。」

鎮壓部隊的槍枝和盾牌。

對於原本只帶著極少量武器的三人來說，這些戰利品宛如天降甘霖。

「隊長難得活躍了一番呢，這真是值得稱讚——有夠難得的。」

「你根本沒在稱讚人家吧！」

「比起這個，我還有更在意的事。」

陣的目光投向米司蜜絲的左肩。

星紋綻放著亮綠色的光芒。雖說光芒的強度已經收斂許多，但發光的圖紋依然明顯地浮現在肌膚上。

「這光芒的強度……寄宿在隊長身上的星靈，說不定還滿強大的。」

「咦？阿、阿陣，你在說什麼啊？」

回想起來，鎮壓部隊的男子們似乎也說過類似的話。但就米司蜜絲個人的心境來說，她一點也不為此高興。

……總覺得像是被說「妳被強大的惡魔附身了」一樣。

……哪有女生會為此開心的呀。

「人家才不高興呢。光是要遮掩就麻煩死了……」

她取出備用的膚色貼紙貼在手臂上。

在察覺這一連串的行動都被陣和音音看在眼裡後，米司蜜絲慌張地遮住自己的左肩。

「討、討厭啦！阿陣和音音小妹都不准看！人家會害羞的！」

接著，米司蜜絲做了個深呼吸。

她用右手輕輕掩蓋住從貼紙底下滲出的淡淡光芒。

「兩位聽好，我們接下來要逃出去。一旦平安回去，就要好好訓斥璃灑一番，罵她拋下我們先跑這件事——還要她請我們吃燒肉作為賠罪！」

「也包含伊思卡哥的份嗎？」

「當然囉！」

前往奧瑞剛監獄塔外頭——

第九〇七部隊全力衝刺，循著迴蕩著鎮壓部隊腳步聲的階梯上行。

3

一朵大花在夜空綻放。

是在放煙火嗎——？

在短短幾秒內，伊思卡冒出了這般錯覺。

從旅館頂樓俯瞰的景色，是被五光十色的霓虹燈妝點的都市叢林。而延展在大樓上方的薄墨色天空，突然「啪」地綻開了一朵光之花。

花朵呈現鮮豔的紅色。

「……那是怎麼了？」

愛麗絲以乾澀的嗓音喃喃自語。

與此同時，一道熊熊燃燒的巨大火柱從地面直竄上天。

「咦？」

「是爆炸了嗎……？」

兩人同時伸手抵著玻璃，屏氣凝神地看著火柱的衝勢。

火柱逐漸消失，而無數火星也跟著消滅。雖然是一起規模驚人的爆炸，但從消退的速度來看，應該是星靈術所造成的吧。

……星靈之火會在幾十秒內消失。

……雖然沒有延燒的危險性，但如此驚人的規模肯定造成不少人受傷。

這究竟是誰幹的？

在皇廳境內若是發生了爆炸案，那首先懷疑的就是帝國軍方的恐怖攻擊。然而，剛才的火柱顯然是星靈術所為，那犯人應該是星靈使才是。

「奧瑞剛……」

愛麗絲的唇瓣流洩出嘶啞的吐息。

「那是奧瑞剛監獄塔所在的方向，恐怕也是事發地點吧。」

不會吧？

那是伊思卡今天早上聽說過的設施。在這處管理著大量囚犯的州裡，奧瑞剛監獄塔更是關有最為凶惡的罪犯們的大本營。

「『超越』的薩林哲曾對上一任女王舉刀相向。」

「那名魔人——『打算讓自己成爲在王之上的存在』。」

伊思卡是這麼聽說的。

在奧瑞剛監獄塔的最深處，關押著三十年前對當時的涅比利斯女王舉刀相向的魔人。

「緊急報告！」

房門被輕輕敲了兩下。

沒等待主子的回應，房門就被打開，身穿女傭服的隨從隨即衝了進來。

「已確認奧瑞剛監獄塔發生爆炸。此外，該處腹地裡也觀測到巨大的洞穴，亦傳出有大量砂石從洞穴中噴竄的狀況。」

「本小姐也看到爆炸了。」

「……有囚犯越獄了。」

如此稟報的隨從唇瓣發顫。

「根據監獄塔獄卒的急報，『那個』魔人薩林哲的個人房附近傳來極為驚人的爆炸聲。」

「妳說什麼？」

「小的正在和現場的鎮壓部隊進行聯繫。」

「燐，動作快，要是那個魔人逃跑了……這回就是現任女王（母親大人）的『星靈會被他看上了』！」

星靈被他看上？那是什麼意思？

然而伊思卡卻無法對身旁的她這麼開口詢問。

——緊繃的忐忑感。

愛麗絲的表情失去了既有的從容，甚至讓伊思卡猶豫著是否該向她搭話。

「本小姐這就去看看。」

「可、可是，愛麗絲大人！那個男人的星靈……相當危險。」

「除了本小姐，還有誰能應付？若是要與那個男人正面交鋒，對鎮壓部隊來說還是太過沉重的負擔了。妳也聽說過三十年前的那場戰事吧？」

「…………」

「燐，妳先下去一樓。立刻幫我備車。」

「……小的明白了。」

隨從沒再多說些什麼。她行了一禮後，便如離弦的箭矢般走出房門，在走廊上發足狂奔。

房裡再度剩下兩人。

在燐離去後，愛麗絲遠眺著房門，輕輕嘆了口氣。

「正如你所聽見的，本小姐接下來要前往那座監獄塔。」

「詳情應該……不能透露給帝國(我)兵知情吧？」

「是呀，因為你可是敵人呢。」

少女輕輕梳理著自豪的金髮，露出了嬌弱的微笑。

那是自嘲的笑容。

「不過……若是能將一切告訴你，本小姐的內心肯定會踏實許多吧。」

「唔……」

「我說，伊思卡。」

少女的紅唇道出的話語。

那句話即是——

「如果……本小姐對你說了『請借給我力量』……」

「你會答應我嗎？」

一股氣息輕拂而過。

那是愛麗絲的呼吸嗎？也許是加重了力道的呼吸，讓伊思卡誤聽成那樣的話語。

那聲嘆息聽起來就是如此落寞無助。

「——不，對不起，我沒什麼事。」

愛麗絲抿緊了唇。

「只是有個犯人越獄罷了，本小姐這就把他送回牢房。我去去就回。」

接著她轉過身子。

打算就此離去。

「……我忘了個東西呢。」

她穿過客廳，前往另一頭的寢室。

隨即回來的愛麗絲，手裡拿著一條嶄新的手帕。那是男用的款式，其高貴的材質和精妙的設計感，一眼就能看出是高級品。

「你還記得手帕的事嗎？」

「您把手帕收到哪裡去了？在您的手帕被淚水弄得濕透後，我不是將自己的手帕借您了嗎？」

「……那條手帕也濕到皺成一團了。」

「您也哭太凶了吧？」

在中立都市的歌劇院裡。

伊思卡將手帕借給了坐在鄰座的少女，而那名少女正好就是愛麗絲。伊思卡當然不會忘記這件事。

「我知道這種時候贈物乃是失禮之舉，但就是想趁燐不在場的時候交給你。和你借來的手帕……那個……已經被本小姐弄髒了，所以只能買條新的賠你。真是抱歉。這說不定沒有很符合你的喜好。」

她將交疊過兩次的手帕放到了桌上。

「我將手帕放在這裡。如果你不喜歡，大可放著不管；不過，本小姐希望這能符合你的喜好，收至你手裡。」

是因為害羞的關係嗎？

愛麗絲沒和自己對上視線，快嘴說完了這些話。

「再見了，伊思卡。」

涅比利斯皇廳的公主轉身背對伊思卡。

離開了房間。

在這段期間，伊思卡沒能說出一個有意義的單字。

——狀況來得實在太過突然了。

在深夜時分發生了爆炸。

名為魔人薩林哲的囚犯逃出了監獄塔，而愛麗絲和燐聽到此事的反應極不尋常。

……那個叫「超越」的薩林哲到底是什麼人？居然會讓愛麗絲露出那種表情。

……到底發生了什麼事？

身為帝國兵的自己無從得知。

即使試圖推理，手裡的情報也太支離破碎。想完成名為情報的拼圖，他還缺乏過多碎片。

「可惡。而且燐也說過，白天的時候有人闖越國境，難道和這起事件有關嗎？」

早上傳來有人在第十三州目擊到可疑分子的消息。

接著這天深夜就爆發了越獄行動。若要說是偶然，時機也配合得太過湊巧了。

「啊啊，可惡！快來個人告訴我————咦……？」

他用力扯了一下手銬。

手銬當然沒那麼容易被扯壞，但伊思卡之所以會轉過身子，是因為客廳另一側傳來了耳熟的電子鈴聲的關係。

——帝國通訊機。

在被下藥拐到這裡之後，就被燐沒收的東西。

從那天起，通訊機應該就一直處於關機的狀態才是。然而，現今通知來電的鈴聲卻是高亢地向客廳傳了過來。

「唔，難道是隊長打來的？」

他沒空多想通訊機被放置的理由。

在來電被掛斷之前，他朝著鈴聲的方向——以雙手被綁的狀態衝向客廳另一側的寢室。

那是愛麗絲的寢室。

裡頭放了張她昨晚睡過的床鋪。那是能輕鬆容納兩名大人的巨大床鋪。

上頭殘留著些許香甜的氣味。

雖說潛入青春年華少女的臥室讓他良心不安，但這時已沒有猶豫的餘地。

「通訊機在哪裡……鈴聲是從哪傳來的…………」

枕邊。應該是愛麗絲用過的枕頭旁邊，就放著通訊機。上頭的指示燈依然閃爍，處於收到來電的狀態。

……但就這麼大刺刺地放在枕邊？

……這可是從敵人身上沒收的東西，一般來說都會找個地方藏起來吧？

伊思卡的通訊機被放置在愛麗絲的枕邊。

那彷彿像是——

年幼的孩子抱著喜歡的娃娃入睡的溫馨光景。

「……愛麗絲？」

他喊著離開房間的少女名字。

然而——

將他的心思拉回現實的，是如今依然鈴聲大作的通訊機。

「唔，對了，得接電話！」

『————』

「那個……！」

『————阿伊？』

那是一道嬌憐可愛的嗓音。雖然聽起來像是稚齡少女的聲線，但說話的人可是名副其實的帝國軍隊長。

「米司蜜絲隊長！是我！我是伊思卡！」

『阿伊？太好了，終於打通了。對吧，阿陣、音音小妹！』

『別顧著高興了，快說重點！我們光是抵擋鎮壓部隊就抽不出手來了！喂，音音，對那邊扔反星靈手榴彈！』

『交給我！』

槍聲，然後是火焰飛竄的聲響——

『阿伊，你那邊是什麼狀況？』

「老實說我也不太明白。不過，我身旁沒有任何人。我被關在旅館頂樓的位置。」

『冰禍魔女呢？』

「她出去了，說是要前往名為奧瑞剛監獄塔的……啊，不對，得先交代我所在的——」

第十三州厄卡托茲。

該先說明自己被拐到這裡才對。由於驚人的事情接二連三發生，他一時之間沒能理出先後順序；總之得先告知此事。

『奧瑞剛？咦？那是我們在的這個地方呀。』

「……什麼？」

他差點鬆手放開手裡的通訊機。

部隊的大家全都來到了第十三州，而且還在發生爆炸的監獄塔現場？

這是怎麼回事？

到底要累積多少偶然，才能讓事態走到這一步？

『阿陣、音音小妹，不妙了喔！冰禍魔女要來我們這裡了！阿伊是這樣說的！』

「等等，隊長！剛剛監獄塔發生的爆炸，難道是隊長幹的？」

『不是喔。我們也是被莫名波及的。我們跑來找阿伊，結果阿伊不在，所以……唉唷，真是的！阿陣，換你解釋！』

『喂，伊思卡。』

銀髮狙擊手的話聲傳了過來。

『晚點再聊彼此發生的事，先去想該怎麼讓我們會合。還有，我就單刀直入地問了，你有辦法來我們這裡嗎？』

「……有點難。我的雙手還被銬著，恐怕在離開旅館之前就會被抓住。」

『你還沒擺脫俘虜的身分啊？』

咂舌聲傳了回來。

總是常保冷靜的陣似乎也焦躁了起來，才會作出這般反應。

「陣，你那邊呢？有辦法跑到我這邊來嗎？」

『我們目前待在監獄塔的地下一樓，還得花點時間才能撤出去。由於鎮壓部隊堵住去路，現在處於僵局之中。』

第九〇七部隊有三人，而另一邊則是伊思卡一人。

正如陣所說，要會合的話，應該是由伊思卡主動移動最為恰當。

『伊思卡，我再問你一次。你現在正獨自待在旅館的頂樓，只要能拆掉手銬就能逃跑。你能試著把手銬扯斷嗎？』

「能的話我早就扯了。」

鋼鐵手銬帶著沉甸甸的重量。若要弄斷，肯定得出動專業級的金屬切割機，但旅館裡當然不會留有這種東西。

「放在這裡的就只有通訊機而已。我手上有通訊機，還有——」

除了通訊機還有什麼？

能把手銬解開的物品。鐵絲？鑷子？能稍做加工後弄成鑰匙的造型嗎？不行，現代的手銬已經沒辦法用那種簡單的手法撬開了。

……不對。

…………等等？

自己是不是疏忽了一件非常重要的事？

「但就是想趁燐不在場的時候交給你。」

「我將手帕放在這裡。如果你不喜歡，大可放著不管；不過，本小姐希望這能符合你的喜好，收至你手裡。」

就只是一段回憶。

少女所留下的話語宛如泡沫，在伊思卡的意識一隅緩緩升起。

「…………愛麗絲？」

『伊思卡？喂，伊思卡，怎麼了！』

他沒回答陣的詢問。腦袋一片空白的伊思卡尋不著該說的話語。

而這只是一絲稍縱即逝的念頭。既無足輕重，又蘊含了過多一廂情願的期待，而他也明白這一點。

然而——

這樣的念頭卻讓他產生：「她為什麼偏偏挑在這個時候把東西送給自己？」這個疑問有了個完美的解答。

「該不會——」

伊思卡沙啞地喊著，跑了起來。

他前往客廳——置於中央的餐桌上頭，原封不動地放著愛麗絲在離去時留下的物品。

——作為「賠罪」的手帕。

在中立都市的歌劇院相遇時的一幕。

伊思卡當然不會忘記。因為那是在離開戰場後，自己首次與她（愛麗絲）見面的光景。

「……不會吧？」

他以被銬住的雙手——

以顫抖的指尖——

拿起全新的手帕。他不知不覺摒住呼吸，以祈禱般的心情攤開交疊兩次的布料——

咚，一把小小的鑰匙滑入伊思卡的掌心。

那是手銬的鑰匙。

「啊……啊……這樣啊……我真是個傻瓜……怎麼會聽不出來……」

鏘啷——他甩動手銬、舉起雙手，然後按著額頭。

……我真笨啊。

……為什麼沒能在第一時間察覺？

她一直在找釋放自己的機會。

打從一開始就是如此。這次的手法不合她的規矩。想在戰場上分出高下——她不是一直都是這麼說的嗎？

只要交涉成立，就會放你自由。

那麼——

這個「交換條件」是什麼呢？愛麗絲曾向自己要求過什麼？

「如果……本小姐對你說了『請借給我力量』……」

「你會答應我嗎？」

那還用說。

要是連如何回答都不曉得，那就沒資格自稱是她的勁敵了。

……如果那就是所謂的交換條件。

……那她一旦提出要求，我豈有不答應的道理？

手銬發出聲響解了開來。

伊思卡沒回頭察看掉落在地的鋼鐵輪環，而是快步走回寢室。接著他再次拿起放在床上的通訊機。

「陣。」

『伊思卡？』

「我馬上就過去你們那裡。我們在奧瑞剛監獄塔會合吧。」

『嗄？喂，你的手銬呢……？』

「我想辦法解開了。還有，希望你幫我傳話給米司蜜絲隊長——要盡快抽身，然後千萬要小心。因為危險的並不是鎮壓部隊。」

在狙擊手粗魯應答的同時，伊思卡也快嘴回應。

「關押在裡面的魔人逃出去了。」

『……那是怎麼回事？』

「詳情我晚點再說。我會立刻趕過去。」

他掛掉電話。

在昏暗的寢室之中，伊思卡輕輕嘆了口氣。

「超越的魔人啊……」

對上一任女王舉刀相向的男子。雖說沒辦法想像那會是什麼樣的存在。

「我馬上就會過去的，放心吧。」

這句話──

究竟是對誰訴說的呢？無意識道出連自己都不明所以的話語後，伊思卡離開了旅館房間。

「若是要與星靈使交戰，那就算再強也不會是我的對手。」

4

第十三州厄卡托茲都心地帶。

明明是深夜時分，人行道上卻充斥著人們的喧鬧聲。

奧瑞剛監獄塔發生爆炸事故，頻頻傳來地鳴聲，甚至也有人目擊到強烈的星靈術之光。

而伊思卡混雜在這些人群之中──

在主街道上直線飛奔著。

「超越的魔人薩林哲……一旦讓那傢伙逃跑，涅比利斯的女王就會被當成目標？那究竟是什麼意思……！」

他在奔跑的同時，為自己知識有限一事感到懊惱。

伊思卡過去從未聽聞過「超越者薩林哲」的名號。他和上任女王正面衝突的軼事也是從愛麗絲口中聽來的。

……涅比利斯皇廳也並非團結一心。

……其中存在著反抗王室之人，而超越者薩林哲就是其中之一——是這麼一回事嗎？

過了不久。

人潮驀地中斷。

「塔燒起來了？」

扭曲而呈凹凸狀的監獄塔周遭——被鐵圍籬包覆的腹地，正被轟天燃燒的烈焰所包圍。

一整片的赤紅蓋過了夜空。

伊思卡雖然凝神觀看，但火焰絲毫沒有消失的跡象。

「這不是星靈之火……也就代表是失火了嗎？米司蜜絲隊長他們……在哪裡？」

愛麗絲和燐肯定已經抵達了腹地之中。

但尚未會合的部隊同伴又在何處？伊思卡和陣通話的時候，第九〇七部隊的三人都還待在監獄塔的地下樓層。

「米司蜜絲隊長、陣、音音，你們到底在哪……！」

「阿伊？」

聲音從腹地裡傳來。

只見可愛的女隊長以監獄塔為背景，在草坪上跑了過來。

她穿的並非帝國的戰鬥服，而是便服。這大概是為了變裝吧。平時總是盤在後腦勺的頭髮也放了下來，使她看起來稍稍成熟了一點。

而抱在她懷裡的是一對黑與白的星劍。

「米司蜜絲隊長！」

「哇啊啊啊啊！阿伊！你是阿伊沒錯吧！」

「哇？」

跑出腹地的女上司不顧當下的狀況，直接撲了過來。

她沾了煤灰的臉龐不斷在伊思卡的胸口處摩擦。

「太好了……那、那個，阿伊，抱歉喔。要是人家再能幹一點的話……」

「不、不會的！那完全是我的疏忽！」

毫無防備地喝下被下了安眠藥的果汁，完全是自己的疏忽。縱使他是因為其他事情而分心，也沒辦法當成藉口。

「隊長，另外兩人呢？」

「啊——！米司蜜絲隊長！妳又偷偷霸占伊思卡哥了！」

少女尖銳的喊聲傳來。

綁著馬尾的少女，朝著被米司蜜絲抱住的伊思卡跑了過來。她的雙手則握著高壓電擊槍。

「隊長，妳太狡猾了啦！好啦，快讓開，伊思卡哥是大家的東西喔！」

「是人家先找到的呀！」

「稍微閉嘴一下。」

陣靜靜地走過草坪。之所以最後一個現身，是逃離監獄塔時，他負責擔任殿軍的關係吧。

「看來你這段期間也是多災多難啊。」

銀髮青年看到伊思卡，便聳聳肩說道。

「才聽到你三兩下被抓，結果又三兩下逃了出來。狀況未免也太多變了吧？」

「唔……這我也有自覺。對不起。」

他在三人面前低頭致歉。

部隊的同伴究竟是怎麼來到這裡的？雖然沒有時間暢聊細節，但肯定也是一波三折吧。

「算了。總之得先從這裡撤出去。要是再鬼混下去，可就要被捲入火災了。」

陣用下巴比了一下身後的鐵圍籬。

監獄塔的各處草坪都燃起火勢，冉冉火星則是染紅了天空。過不了多久，火勢就會延燒到腹地外圍吧。

「走了。」

「啊、陣，等一下！隊長和音音也聽我說。」

「嗯？」

「……隊長，我能拿走那兩把星劍嗎？」

他接過女隊長抱在懷裡的兩把劍。明明只有幾天不在身邊，劍鞘的堅硬觸感卻讓他萌生了懷念之情。

「────」

在這座監獄塔，他還有得用這對劍完成的事。

與她的「交換條件」尚未達成。

「隊長，很抱歉，可以讓我暫時行動十五分鐘嗎？」

「咦？」

「請先往主街道移動。那座最大的旅館，就是我被抓去的地方。請在旅館的後方等我，我馬上就會趕過去。」

「咦？等、等等啦，阿伊！」

奧瑞剛監獄塔。

伊思卡下定決心，衝進了滿是火焰和沙塵的腹地。

5

將時間倒回些許——

第十三州厄卡托茲都心地帶。

「……燐，盡量再快一點。」

一輛轎車在車道上疾駛。

愛麗絲眺望著窗外流逝的大廈群，輕聲低喃。

「那個魔人要是開始鬧事，可就一發不可收拾了。」

「是的。但原本外出的居民，應該都已經躲入建築物避難了。畢竟遇上越獄的囚犯可是危險至極之事。」

星靈使——

雖說在帝國境內是人見人怕的洪水猛獸，但實際上能操控強大星靈術之人僅是鳳毛麟角。大多數的星靈使光是要掀起微風，就已經讓他們耗盡心力。

即使有魔女們的樂園之稱，住在國內的星靈使也大多不足為懼。

但另一方面——

監獄塔裡的囚犯，大都是因為寄宿了強大的星靈而為非作歹。

「囚犯越獄——而且還是其中最糟糕的狀況。這想必會留在皇廳的犯罪歷史之中吧。」

「不會留下來的。」

愛麗絲加強語氣，迅速開口說道。

「本小姐會過去應付。只要將那名囚犯再度關回監牢，這件事就會一筆勾銷。」

「小的會陪您一起去。要是讓那個魔人跑了，恐怕就難以追蹤了。他下次極有可能會在王宮現身。」

「是呀。所以，燐，該加快速度了。」

車子以超過限速的速度疾駛。

……對手是魔人薩林哲。

……孤身殺入王宮，闖到了女王謁見廳的男子。

他是忤逆上任女王的重犯。

就愛麗絲所知，非王宮相關人員踏入女王謁見廳，乃是皇廳歷史上的特殊案例。而薩林哲就是這少數的特例之一。

當然，愛麗絲和燐也都聽說過他的星靈之力。

「我曾聽現任女王說過，三十年前，『魔人薩林哲為了強搶當時的涅比利斯七世的星靈而襲擊王宮』。」

「是的。之所以能制服他，全是因為有現任女王在場的關係。」

當時的女王涅比利斯七世和現任的涅比利斯八世同時出手。雖說防護網就是該做到滴水不漏，但這也代表那名男子被視為多麼危險的人物。

「愛麗絲大人，請您千萬小心。」

「這是多餘的擔憂呢。」

愛麗絲露出了游刃有餘的微笑回應。

「只要是面對面的交戰，本小姐說什麼都不會輸。雖是現任女王和前任大人一同戰鬥過的對手，但那又能代表什麼？」

「若用這樣的戰力就足以制服的話」。

自己就說什麼都不會輸。

——冰禍魔女愛麗絲莉潔・露・涅比利斯九世若是全力以赴。

——其實力早已超越了現任女王。

她知道這種心態，對於母親——也就是現任女王是一種不敬的行為。

因此愛麗絲從不將這件事掛在嘴上。但既然現任女王涅比利斯八世已將此事公諸於世，那她也不需太過在意了。

……沒錯。本小姐並不把「超越」的薩林哲放在眼裡。

……該害怕的不是交戰本身，而是戰鬥後讓他溜走的結果。

那並非是為自身感到不安。

那名男子肯定會再次攻向涅比利斯王宮。要是女王(母親)被他盯上，將會是相當危險的一件事。

「愛麗絲大人，已經能看見目的地了。」

「嗯。終於要到了。」

聽到駕駛座傳來的話聲，她抬起了臉龐。

──傳來了「啪哩」的一聲。

在那一剎那，抬起臉龐的愛麗絲，看見車子的擋風玻璃迸出了裂痕。打穿強化玻璃的，是直徑約有一公分的凹洞。

「是子彈嗎？難道是帝國軍開的槍！」

「妳說什麼……」

「愛麗絲大人，請壓低身子！」

車子緊急回轉。燐握緊方向盤，將車子轉向反方向。

「這台車遭到狙擊了，請您下車！」

「知道了！」

燐從前方的右側車門跳出，而愛麗絲則從後方的左側車門跳下了車。

——鐵圍籬被強勁的力道轟飛。

在某種強大的衝擊下，一道扭曲得看不出原樣的鐵門落在不遠處。

接著是熊熊竄升的火柱。

躍入腹地草坪的火舌，即使被愛麗絲注視了一段時間，也完全沒有消失的跡象。

……那並非星靈之火。若不是意外造成的失火，那難道是燒夷彈嗎？

……是帝國軍幹的好事？

時機巧妙得太不尋常了。

這怎麼想都與薩林哲越獄一事脫不了關係。

「但帝國為什麼會知道？薩林哲是我國的叛國者，帝國境內應當無人知曉此事才對……」

火焰和黑煙四竄。

加上揚起的大片沙塵，使得視野變得極為糟糕。就連站在身旁的隨從燐只要再走遠幾步，肯定就會消失在視野之中。

監獄塔呢？

念茲在茲的監獄塔被火牆與煙牆阻隔，看不清目前的狀況。

但首要之務是處理現場的這場騷動。

快步跑過愛麗絲眼前的人們紛紛叫嚷，而他們喊叫的內容是——

「正在向監獄塔管理室確認狀況……已確認地下十一樓的牢房遭到破壞！推測魔人薩林哲已然脫逃！」

「先不管逃犯了，消防班呢？」

「把那些看熱鬧的趕遠一點，有帝國部隊混在裡面！」

「也要提防囚犯逃脫的可能性。地下三樓和二樓也爆發了小規模的戰鬥———」

「命令系統陷入一片混亂」。

在腹地上奔跑的人們，恐怕都對狀況沒有十足的把握吧。各組織之間豈止無法協作，甚至呈現分崩離析的狀態。

不對，是有人蓄意裂解的。

「……還真是被狠狠擺了一道呢。」

燐握緊拳頭說道。

「看來除了薩林哲逃獄一事之外，這些頻發的騷動也是……」

狀況一，突然從地下牢房消失的魔人薩林哲。

狀況二，無法預期的帝國部隊入侵。

狀況三，破壞地下監獄後，薩林哲之外的囚犯逃獄的可能性。

狀況四，狀況一至狀況三產生的騷動所造就的市民慌亂潮。

由於這四起狀況同時發生，才會讓皇廳方的指令無法統一。

……再置之不理，就會放跑薩林哲那傢伙的。

……不只如此而已。還會無法制止大量的越獄者和帝國的破壞活動。

這是對第十三州發起進攻嗎？

不對。帝國的目標想必是涅比利斯中央州。對方的目的是讓皇廳把注意力轉移到第十三州，好趁著這波混亂入侵涅比利斯王宮。

若是處於相反立場，愛麗絲肯定會這麼策劃行動吧？

不能只顧著撲滅監獄塔的火勢。要是沒辦法完全鎮住這裡的事態，說不定會引發震撼皇廳的大危機。

……若是如此，國民就會對女王產生不信任感。

……而這正是帝國的盤算。

如今已不能只顧著逮捕魔人薩林哲了。身為皇廳這個國家的公主，她有必要挺身解決眼前的騷動。

「儘管放馬過來，本小姐會擺平一切的。如此一來才有資格稱作公主吧？」

她對著自己如此說道。

愛麗絲靜靜地舉起手，只說了一句話：

「──『鎮定下來』。」

奧瑞剛監獄塔的空氣登時為之凍結。

這並非單純的比喻。

監獄塔腹地這廣闊的空間，一瞬間就變化成宛如冰河期般的極寒大地。

混雜著冰雪的冷風狂吹，腳下的草坪被凍出一層白霜，就連狂竄的烈焰也失去了勁勢，轉化為冰冷的空氣。

「還不收斂一點！你們可知道哪位大人大駕光臨了！」

燐的怒吼聲讓所有人停下腳步，轉身看來。

強烈冷氣的源頭──

看到沖天竄起的巨大冰柱，以及站在冰柱前方的金髮公主後，在場的所有人都懷疑起自己的眼睛。

「愛麗絲莉潔公主？」

「公、公主大人為何會來到這種……不、不對……能向您拜謁乃是在下無上的光榮！」

幾名鎮壓部隊的成員同時跪下，垂下了脖頸。

而愛麗絲則是以微笑回應。

「本小姐打算執掌監獄塔（這裡）的指揮，可以交給我主事嗎？」

當然沒人敢提出異議。

始祖的後裔愛麗絲莉潔・露・涅比利斯九世——畢竟以對抗帝國軍的王牌而聲名遠播的她，可是親開金口說要負責指揮啊。

不僅強大，而且高潔而美麗。

身上散發著強大威光的公主，揮了揮手。

「我以第二公主（愛麗絲莉潔）之名，在此『代理執行』涅比利斯女王的絕對指揮權。所有部隊聽從我令，本小姐將引領各位！」

她所下達的命令有四。

監獄塔的鎮壓部隊前去追蹤魔人薩林哲。

監獄塔的獄卒追捕薩林哲之外的越獄者。

星靈部隊向侵入境內的帝國發起反擊。

至於都市警備隊，負責安撫民眾。

這四支部隊都由愛麗絲進行控管。

……如此一來，就能避免這波混亂延燒到第十三州全境了。

……但這也是宛如雙面刃般的選擇。

如此一來，愛麗絲就不能離開此地。

只憑鎮壓部隊全軍出擊，真有辦法擊敗魔人薩林哲嗎？

「燐。」

「小的明白。」

隨侍在側的隨從回應。

「沒時間了。這是個危險的任務，但只有妳能代我去辦了。就本小姐推測，鎮壓部隊恐怕無法阻止薩林哲那傢伙。」

「遵命。我必不辱使命。」

行過禮後，燐朝著監獄塔的方向跑去。

目送她離去的愛麗絲，內心祈望她能平安無事——

「……唔。」

並且不發一語地咬緊後齒。

得由歷任女王才能勉強擊敗的超越者薩林哲危險至極。因此就一般狀況來說，要出戰的應該是自己才對。

……本小姐並不是信不過燐。她的實力很強。

……但就算相信她，也難以抹去內心的不安。

回想起來，她早就有不好的預感，覺得事態會走到這一步——在自己無法動彈的情況下，得讓燐一人去對付超越者薩林哲的可能性。

正因如此——

自己才會在那個時候，對著眼前的「他」尋求協助。

「如果……本小姐對你說了『請借給我力量』……」

「你會答應我嗎？」

若伊思卡願意出手協助，那將會是多麼可靠的存在啊。

想到這裡的瞬間，愛麗絲的唇瓣違背了身為公主的立場，在無意識之中道出了話語。

……會不會招致他的誤解？

……讓他誤以為本小姐自覺打不過超越者薩林哲，才會請他出手相助？

不對，那已經是過去的事了。

她現在該做的是傾注全副心力，全力執掌指揮，並持續為燐的平安祈禱。

「我要緊急聯繫王宮，立刻準備好通訊設備！」

在持續燃燒的火焰中，愛麗絲揚聲喊道。

「本小姐有事向女王匯報。請各位動作快！」

6

監獄塔染上了火焰的顏色。

「……魔人薩林哲，你在哪裡！」

燐撕裂了由火星和土煙混合而成的空氣，扯著嗓子吶喊。

業火不斷增生膨脹。

雖然愛麗絲釋出的冷氣使其鎮靜了一瞬間，但火星再次竄上半空，朝著草坪延燒而去。

「該不會帝國士兵也埋伏在裡面吧……？」

視野極為惡劣。

以為眼前之人是星靈使同伴，但其實卻是變裝過的帝國諜報部隊──如今也得將這樣的可能性放在心裡。

「……也得加緊滅火。」

一旦滅火的速度放慢，就會讓整座監獄塔化為火窟。而要是延燒到監獄塔外頭，應該會釀成慘劇吧。

「土塊啊。」

在燐的命令下，草坪底下的地面開始蠢動。

「壓碎火焰吧！」

像是要掀翻地層般的大量土沙噴向半空中，灑落在眼前的火焰上。遭土沙籠罩的火焰很快就會熄滅。

理應如此──但噴濺到空中的大量土沙驀地壓縮為「盾」，回到燐的手邊。

這是星靈採取的自動防衛。

「是帝國士兵？」

槍聲。

燐所架起的土之盾，接下了槍枝的連續射擊。那是在夜色掩護下進行的狙擊。若是沒有自動防衛，燐想必也難以躲開這一波攻擊。

「即使對上年紀較小的女性，也不會對魔女手下留情嗎？」

對踏入腹地之人進行無差別射擊。

雖說混在夜色中發起的射擊確實相當殘忍，但帝國軍澈底搞錯了一個大前提。

「你們是不是太小看隨從(我)啦？」

涅比利斯的王室隨從，便是所謂的「王宮守護星」。

就像天帝手下有十一名使徒聖那般。

侍奉涅比利斯皇廳公主的隨從，也是皇廳底下的一流星靈使。

「在向我開槍的當下，你們的位置就澈底暴露出來了！」

大地為之搖晃。

草坪下方迸出了巨大的黑色裂痕(深溝)。朝兩側迸開的地面裂縫，轉瞬間張開大口，朝著目標襲擊而去。

襲向潛藏在火焰中的帝國部隊。

「就掉到地底深處吧。」

地下一百公尺。就連天空之光都無法照射到的深淵。沒能逃過裂痕攻擊的帝國士兵們接連滑入地底。

不過——

雖然這一招外觀駭人，但殺傷力趨近於零。這是用裂痕夾住敵人，癱瘓其戰鬥力的星靈術。

「帝國士兵們，就當你們撿到一條小命吧。」

這裡是監獄塔，具有收納大量帝國人質的空間。只要在事情告一段落後，再將他們拉回地表逮捕即可。

「我找雜兵沒事。比起你們——」

「唰」的一聲。

燐察覺到某人踩著草坪走近的微弱氣息。

「有哪裡不對勁」。

突擊的帝國兵、逃獄的俘虜、負責追蹤的鎮壓部隊——這聲腳步不屬於任何一者。燐所聽見的腳步聲，就像是悠哉地踩平泥土的步伐。

充斥著泰然自若的自信。

——什麼人？

在這樣的狀態下，居然還能踩著如此傲慢的腳步，到底是何方神聖？

在紅蓮之火的襯托下——

美麗的白髮男子受到吹拂的火星映照，現出了身影。他有著英氣勃勃的眉宇，以及輪廓深邃的相貌。男子的眼眸細長，嘴角掛著微笑。

厚實的長大衣直接披在他裸露的上半身上，打扮很是古怪。

「…………」

燐對這人有印象。

然而，「這樣的事情絕不可能發生」。那名男子是在三十年前遭到逮捕，若燐所閱讀的資料無誤，他應當已是個垂垂老矣的老人。

但為什麼，他居然會呈現如此威猛的青年外觀——

「真冷清啊。」

超越的薩林哲。

曾反抗王家的魔人，此時一派輕鬆地從火焰中現身。

「我還以為會有滿堂喝采迎接我，結果只有這麼一個小姑娘來接風啊？」

「唔，薩林哲！」

燐毫不猶豫地掀起自己的裙子。

在短短一瞬間，她便拔出了綁在大腿上的兩把短劍擺出架勢。面對如此俐落的拔刀動作，與之對峙的男子稍稍瞇細了眼。

「哦？妳是披著羊皮的老虎嗎？雖然一身傭人打扮，但備戰動作倒是十分流暢。看來不是個單純的女傭啊。」

「我不打算對重刑犯報上名號。」

這名男子——

不只是王宮之敵，同時也是所有星靈使的一大禍患。

超越的薩林哲——

這名魔人「能夠奪取他人的星靈和星靈術」。

「以星靈使的身分孤身闖入王宮中，甚至企圖犯下竊取女王星靈的野蠻之舉，你這傢伙罪該萬死！」

「…………」

「竊賊，你沒話說了？」

「真教人傻眼。」

薩林哲將手插進大衣的口袋，誇張地嘆了口氣。

「從用字遣詞來看，妳也是王宮的一分子吧？然後這身打扮……原來如此，是王族的隨從『王宮守護星』啊？」

「是又如何？」

「尊貴並不依附於血脈，而是寄宿於理念。記住這句話吧。」

沒錯，那便是這名魔人高舉的信念。

坐在涅比利斯皇廳王位上的王者，不該是受血脈挑選之人，而應是真正優異的星靈使才對。

原來如此，乍聽之下確實有理，不過——

「住口，魔人。」

燐在話語中灌注殺氣，接著說道。

「你這罪人從他人身上奪走的星靈和星靈術不計其數，你所主張的話語，就只是讓行為正當化的藉口而已！」

「錯了，這是『徵稅』。被妳當成竊盜可真是教人不快。」

「什麼？」

「王者需向國民徵收稅金。既然如此，星靈使之王徵收星靈作為稅金，也沒有任何不合理之處吧？」

男子將右手舉向天空。超越的薩林哲像是捧著一把金幣似的，用力握緊了拳頭。

「妳不這麼認為嗎？」

「自詡為王是吧？就我看來，這完全是一介星靈使所會抱持的膚淺妄想。」

「沒錯，『我目前還止步於王』。」

伸向虛空的手掌散發出光芒。

那是一道幾乎要被夜色吞噬的微弱光芒。不過，燐知道那正是寄宿在魔人薩林哲身上的星靈之光——「水鏡」。

「只要獲得一切星靈的力量，我就能『超越』王的身分。」

「胡說八道。事實早已證明你只是個虛張聲勢的男人。你應該還沒忘記自己在王宮敗在誰的手底下吧？」

與當時的女王共同迎戰超越的薩林哲的，是當年才不滿二十歲的少女——

現任女王米拉蓓爾・露・涅比利斯八世。

「就算你打算再次襲擊王宮，也只會再次落得敗在女王大人手下的下場。」

「哈！妳說我敗給了那個小姑娘？」

白髮的美男子高聲嗤笑。

薩林哲一手插著大衣口袋，另一手則扶著額頭仰起身子。他的肩膀顫抖著，像是訴說他已經沒辦法再忍耐下去。

「哈、哈哈哈哈哈哈哈哈！這可真是滑稽。不過才三十年，這段期間歷史居然被扭曲成這副德性了。」

「……什麼？」

「我無論是當時還是現在，都不曾怕過那個小姑娘，甚至沒對她動手過。」

話聲迴蕩在夜幕之中。

槍聲、爆炸聲、慘叫聲、怒吼聲。此時此刻，帝國士兵和星靈部隊的衝突也在腹地的某處持續進行著吧？

超越的薩林哲沒對那些混戰多瞥一眼，而是嗤之以鼻。

「最該為涅比利斯血脈感到恐懼的並非小姑娘，而是『誕生了始祖血脈的真正怪物』。無知至此的妳何其可悲。」

「少自以為是了，罪人！」

燐的咆哮聲，撕裂了熊熊竄升的炎之狂哮。

「就你這種貨色也想談論王室，等一千年後再來吧！要成為世界之王的人選昭然若揭，正是我所侍奉之主。在那位大人面前，你這種貨色就宛如霧靄一般！」

「哦？那人的名字是？」

「回答你也沒有意義。」

她將手收到背後。

拆卸式的裙子在半空飛舞，燐的裙子瞬間變為及膝的迷你裙。

「因為你將再次重返大牢。」

短劍撕裂了半空。

反射著夜色的刀刃貫穿了飄在空中的裙子，射向男子的大腿。一旦弄殘了腳，就算強如魔人也無處可逃。

然而刀刃——在即將接觸到男人之際，於虛空中停住了。

「連飛刀都有涉獵啊？技巧不差。」

薩林哲輕輕摘下停在虛空中的刀刃。

「將脫下的衣物扔至半空是為了遮蔽視線，藉以隱藏對我投擲刀刃的動作。以妳這年紀來說倒是挺強悍的啊，女傭。」

「是風之星靈嗎？」

「妳以為我手中沒有嗎？」

奪取星靈的能力——在挑戰涅比利斯七世的當下，這名男子奪走的星靈就已經超過了一百之多，而且全都是強大的星靈。

剛才所施放的星靈術亦是如此。他以強大的風之障壁接下了飛刀。

——讓人無法輕易靠近。

既然這名男子握有的星靈術仍是未知數，就該謹慎行事。

「『你以為我會謹慎出擊嗎』？」

「唔？」

「因為害怕你的星靈而裹足不前——你以為事情會這麼發展嗎？」

她蹬著大地。

燐的跳躍矯如山貓，僅僅花了三步就來到了魔人的眼前。她右手握拳，左手握著短劍，再次向前踏了一步。

「星靈愈強，產生的餘波就愈大。魔人，有種就發揮全力試試。你的星靈術可會連同你一起摧毀殆盡啊。」

「耍小聰明。」

魔人睜大雙眼。

何等傲慢的舉動——他嘴上雖然這麼說，但雙眼綻放著光輝，嘴角則像是混雜了驚愕和讚嘆似的向上吊起。

極近距離才是最佳答案。

宛如暴風般的強風，會連施放者（薩林哲）也捲入其中。倘若降低威力又會如何呢？薩林哲若降低了星靈術的威力，燐自然也能用土之星靈加以防禦。

「喝！」

燐鑽入對手懷中。她左手閃爍著劍光，但真正致命的是右手的手刀。繃緊的指尖直接往魔人的喉嚨刺去。

啪！

沉重的響聲。燐的指尖劃破的並非喉嚨，而是超越的薩林哲勉強伸出的左手臂。原本從容不迫地插在大衣口袋的左手，在這時被逼得抽了出來。

「居然毫不猶豫地攻向要害。真是不敬……雖然想這麼說，但還是稱讚妳一句吧。」

左臂滲出少許鮮血的魔人向後飛退。

好快。

不只是腳力強健，大地也配合著超越的薩林哲後退的動作蠕動，宛如踩在「電動步道」上頭般加速移動。

「好啦，女傭啊，妳……『是從何學到對付星靈使的戰法』？」

「…………」

「皇廳敵視並與之對抗的乃是帝國。就算有機會熟悉對付帝國兵的戰鬥方式，妳對上星靈使的戰鬥經驗理當趨近於零吧？」

星靈使對上星靈使的戰鬥，照理來說不應存在。

雖說曾忤逆王室的薩林哲確實有其經驗，但若沒有這類的經歷，想必難以在轉瞬間推導出對戰的最佳解答應於極近距離內發動攻擊。

「妳究竟是戰鬥方面的鬼才，還是從優秀的師父那裡學到了技術？」

「我沒必要回答你。」

而且她也不想回答。

一旦對上星靈使，就會爆發出野生猛獸般的凶悍氣勢。那狂暴中帶著洗鍊的身姿，與燐至今所學習過的各種戰鬥技術都大為不同。

——帝國劍士伊思卡的戰鬥技法。

她模仿了那個伊思卡與主子對決時的戰鬥方式——這種話就算割破了嘴，她也不想坦承。

就算自己比任何人都誠摯地認同他的身手亦然。

「土塊啊。」

燐打了個響指。

「壓扁這個男人。把那張惹人厭的臉擰成一團吧。」

薩林哲腳下的地面鼓脹起來。大量的砂土匯聚成人形，像是要堵住他的去路般昂然挺立。

「巨人像？原來如此，妳是土之星靈使啊？」

「壓扁他。」

「但卻相當脆弱啊。」

巨人像將拳頭猛力揮下。

然而，魔人薩林哲卻用手掌輕鬆地接下了巨大拳頭。在拳頭觸及指尖的剎那，白髮美男子的右手臂迸出了劇烈的電光。

——雷之星靈。

能將被觸碰的對象炸成碎片的恐怖星靈術，使得巨人像崩碎成無數碎屑。然而，臉色為之一僵的卻是魔人這方。

「嘖，看來不是普通的土塊啊……居然用了地層深處的黏土！」

構築巨人像的砂土飛濺，附著在正前方的薩林哲的手腳上頭。這些砂土的黏稠度宛如淤泥，無法輕易甩去。

是為奪去手腳自由的土之束縛。

「這是土之化妝。對罪人來說非常適合。」

「……妳真的這麼以為？」

纏附在薩林哲身上的黏土彈飛開來。

大量砂土飛上半空，而它們展開攻擊的對象——居然是燐。

「這才是真正的土之星靈。」

「什麼！」

燐沒辦法控制這些飛撲而來的土。不對，這是……土之操作遭到覆蓋了？她在操控大地上輸給了對方。

「難道說……？」

「我所擁有的土之星靈更為高階，就只是如此而已。」

魔人薩林哲的手掌浮現出「水鏡」的星紋。

奪走星靈的條件，乃是讓自己的星紋觸碰他人的星紋。

只要與對象星紋碰觸的時間愈長，奪走的比例就愈高，最多甚至能從宿主身上奪走百分之五十之多的星靈。

——反過來說，超越的薩林哲所能竊取的力量也僅有原本星靈的一半罷了。

然而——

難道僅憑這二分之一的能力，就足以壓制燐的星靈嗎？

「我所擁有的土之星靈乃是純血種之物。妳這種小角色的星靈根本無從對抗。」

「……那難道是從王室成員身上奪來的！」

王室成員乃是創設國家的涅比利斯一世的子孫。

對於創設國家的始祖血脈，這人居然做出如此喪心病狂之事。

「薩林哲——！你所犯下的大罪足以處以百回極刑！」

「少亂吠了！王室是有功之人嗎？錯了，始祖的功績確實能以偉大稱之，但看看現在的王室。他們霸占與生俱來的地位，絲毫沒有讓與生俱來的強大星靈更上一層樓的念頭。」

「……唔！」

「所以我才說要超越王的身分。」

白髮美男子高舉雙手。

他像是在擁抱天空似的抬頭仰望。

「再展示一個給妳看吧。」

衝擊。

鼓膜為之震撼，竄過全身的劇痛讓她失去了一瞬間的意識。待回過神來後，燐已然躺倒在綠色的草坪上。

衣服被撕裂得破爛不堪，全身肌肉都發出了悲鳴。

「…………嘎……哈……！」

從喉嚨噴出的口水，帶著鮮血的味道。

怎麼了？自己剛才受到了什麼攻擊？燐完全沒將視線從薩林哲身上挪開過。她聚精會神，卻不曉得遭到什麼樣的攻擊。

「——嗎——女傭——」

由於耳鳴的關係，連魔人的說話聲都聽不清楚。

等等，耳鳴？她知道有能造成類似效果的星靈能力。

「……是……聲音？」

「正——答案——」

魔人嗤笑道。

他再次將雙手插入大衣口袋。

「我對妳釋出了極強的音波。就算想用土牆防禦，聲音的衝擊也能穿過牆壁滲透過去。這對土之星靈使來說是無法防禦的攻擊。」

「…………咕……」

「唔！」

「怎麼，玩完了嗎？假設我的全力有一百之多，對妳使出的力量也只有五、六之數啊。」

縱使倒臥在地，燐也無法制止身體打顫的反應。

和他的實力差距居然如此之大……！

她沒打算將男子的話照單全收，但在經過對峙後，男子確實還藏著深不見底的實力。

「……薩……林……」

「真無趣。這豈不和虐待貓狗無異？」

白髮美男子不禁嘆息。

這是超越的薩林哲明顯的輕蔑之舉。

「但妳無須為此沮喪，因為對我刀刃相向的人全都會落得一樣的下場。妳的敗因，就只是挑錯了對手罷了。」

「…………」

「都露出如此醜態了，居然還敢瞪我啊？那就消失吧。」

轟歌的星靈——薩林哲過去從純血種身上奪來的星靈術，產生了澎湃的音之巨浪。而這股巨浪眼看就要吞沒倒地不起的少女——

「只有這次。」

音之巨浪被一分為二。

就在即將吞噬燐的前一刻。

「……怎麼可能？」

超越的魔人展露出驚愕之情。

強烈的音波無從目視。別說是閃躲了，即使這道音浪已然逼近己身，也應當無從察覺才是。

而這樣的攻擊——

被如旋風般現身的劍士一劍劈碎了。

「妳還好吧？」

「…………帝國劍士……你……！」

搭話聲從背後傳來。

燐勉強轉動脖子，只見握緊成對星劍的少年——

「只有這次。」

前使徒聖伊思卡。

理當被囚的少年，站在自己的眼前。

「我就幫妳一把吧。那個白頭髮的就是愛麗絲的敵人對吧？」

Chapter.5 「魔人與戰鬥狂」

1

奧瑞剛監獄塔——

在第十三州厄卡托茲矗立的眾多監獄塔中，這間監獄是專門用來收容窮凶極惡的囚犯。而監獄的腹地，如今正染上一層黑與紅的混色。

陣陣颳起土煙的「黑色」。

帝國燒夷彈灑出的火柱四竄，轟出大量火星的「紅色」。

不須凝神傾聽。

火星爆濺的聲響之中混雜帝國兵的槍聲，也能聽見星靈部隊與之對峙的怒吼聲。

「……帝國劍士？」

愛麗絲的隨從被強大的「音」之衝擊波擊倒。她咬緊牙關維持住意識，勉強開口說話。

「……你明知道……這個魔人是誰……卻仍然這麼說嗎……！他可是連王室都膽敢挑戰的男

人啊……」

「若不這麼做，我就回不了帝國。」

「……咦？」

光是從燐的反應來看，就能推測出許多事情。

將鑰匙藏在手帕裡的行動，是愛麗絲的獨斷之舉。愛麗絲肯定是懷著苦澀的心情，才會在未告知隨從的情況下採取行動。

「我希望妳能答應我。」

解開手銬的方法，是他和愛麗絲之間的祕密。

現在伊思卡該向燐傳達的是——

「我會打倒這傢伙。而作為交換條件，在我和部隊（同伴）穿越國境之前，妳不能出手干擾。我雖然沒看到愛麗絲，但她應該就在這附近吧？」

少女沒有回答。

「看來妳是接受了。」

「我、我什麼都還沒說……」

「反對的話，妳應該會立刻開口才是。」

「——真難以理解。」

在燐支吾其詞之際——

魔人帶著焦躁的嗓聲震盪大氣。

「你是帝國士兵？我難以理解帝國人何以會袒護那個魔女，也不明白你為何要向我挑戰。回答我……不。」

他看似煩悶地甩了甩頭。

在藍色月光的映照下，超越的魔人薩林哲打了個響指。

「算了。沒有一聽的價值——粉碎吧。」

大氣急遽扭曲。

巨大的衝擊波朝伊思卡的背部直撲而來。宛如烈風般的這道波動，能將任何觸及之物盡數打成碎片。

然而——

「『是音波嗎』？」

伊思卡手持星劍一掃。

與此同時，星靈術所產生的音浪也被斬成兩半。

宛如分開海水的奇蹟一般，理當直撲伊思卡和燐的衝擊波往左右分開，自兩人身旁掠過。

「唔。哦……」

「他將聲音斬斷了」。

魔人薩林哲不為所動，但稍稍抬起了眉毛。

「『轟歌』。這個星靈術過去並不是沒人擋下過，但我不記得有人能以物理性的手段斬斷。那邊的劍客，你用了什麼機關？」

「並不是我特別厲害，只是這把星劍的性能特殊罷了。」

「……星劍？」

薩林哲皺起一邊的眉毛。

然而，魔人隨即以誇張的動作聳聳肩，以傲然的笑容作為回應。

「少和我裝蒜了。我問的不是那把劍，而是你的能耐。『轟歌』是不可視的破壞能量，因此和劍無關，而是你個人的本事吧？」

人類是看不見「聲音」的。

要像伊思卡那樣揮劍劈開理應是不可能的事。因為在「聽到聲音」之前，衝擊波就會先傳遍全身上下。

「雖說是不可視，但剛才並非如此。」

「——是火焰的搖晃嗎？」

倒臥在地的茶髮少女睜大雙眼。

為何沒注意到那個地方？這裡是監獄塔的腹地，如今已被帝國軍放的火給包覆，大量的火星正四下飛舞。

伊思卡是觀察火焰的搖晃，才察覺到這些攻勢的。

「火焰忽然消失──這就代表那邊有東西存在。」

「……帝國兵……你居然連那些細節都提神戒備著嗎？這怎麼可能……」

「我也不是一開始就能做到。」

這並非歸功於伊思卡的劍術才能──至少他本人沒有劍術方面的才能。

他必須鍛鍊百次才能有所收穫，亦即所謂的「百鍊自得」。

在數年的修練之中，他鍛鍊的次數遠遠超過了數以百計。以修練之心將任何事情都做到極致，才讓他的劍法昇華到無人能及的境界。

「這究竟是雜技抑或神技，是偶然還是實力？」

在藍色月亮的照映下。

超越的薩林哲舉起一隻手──那是他的右手。將水鏡的星紋高舉向天後──

「識破你的身法似乎也有點意思。好啦，劍客啊，你還能撐幾回？要是能挨過三招，我就承認你具備神技吧。」

「帝國兵！」

燐大聲吼道。

「別輕忽大意了！這人的星靈並非聲音，那只是他竊得的星靈術之一！」

「唔？」

「這名男子的星靈乃是水鏡──────咕……！」

空氣迸裂開來。

在燐的眼前炸開的空氣炸彈，將倒地的少女轟向更遠的後方。

「燐！」

「女傭，少來礙事。現在可是我和這名劍客的遊戲時間啊。」

那並非聲音的衝擊波。

火焰完全沒產生晃動，直接在燐的面前爆炸開來。

「唔──！」

他收回原本要向前踏出的腳，蹬地往旁一跳。轉瞬之後，伊思卡原本站立的空間毫無徵兆地炸開了。

「反應不錯。你剛才是怎麼判斷的？」

「直覺。」

「我想也是。但直覺能仰賴的次數也有限。你承受不住的。」

「承受？你錯了。」

伊思卡縱身一躍。

接著，便輪到薩林哲僵住表情。

「已經結束了。」

「……唔，你這傢伙！」

那速度之快，幾乎讓人誤以為是殘像。

伊思卡衝破了煤灰飛揚的虛空，殺進距離魔人兩公尺的距離——僅一足一刀的位置。只要再踏近一步，就會讓這場戰鬥劃下句點。（註：一足一刀為劍道用語，指「向前跨步並揮劍」即可擊中對手的距離。）

——先下手為強。

對上純血種等級的強敵，他不認為自己有辦法躲過每一招星靈術。他能擋下的頂多就是兩招，得在對手使出第三招之前逼近懷中，分出勝負。

「你這傢伙——是披著劍客外皮的野獸啊！」

超越的薩林哲高聲吶喊。

伊思卡的劍尖淺淺削過了魔人的鼻頭。風之障壁——從旁側襲來的強風將伊思卡的步伐推了回去，使其身形難以站穩。

「哈哈，剛才那招著實讓我捏了把冷汗。」

「……在你的預料之內嗎？」

他收回劈下的長劍，瞪視向後飛退的白髮男子。

風之障壁。

讓人訝異的是其發動速度之快。假使已經看到伊思卡出腳，那就不可能來得及發動。在拉近到能一擊必殺的距離時，伊思卡就幾乎已經贏了這場對決。

然而——

這名男子卻早就作好發動風之星靈術的準備了。

……喜好以強大星靈術蹂躪對手的作風只是偽裝。

……他其實是個準備了種種戰術的策略家嗎？

這名男子並沒有小看對手。

他裝作瞧不起眼前的劍士，但其實城府深沉，精於算計。

「真是驚人的身體能力。不過，你錯過了千載難逢的好機會啊。你的刀刃已經不會再招呼到我的身上了。」

「我也有同感。」

伊思卡反拿起右手握持的黑色星劍。

他做了一次呼吸，再次蹬地衝刺，使得綠草飛揚。

「同一招對我已經沒用。下一次會連同障壁砍了你。」

「趴倒在地吧，野獸。」

伊思卡腳下的大地裂開了。

那並非裂縫，而是凹陷。以伊思卡為中心、半徑約十公尺的重力場驀地下壓。被重力場逮到的一切物體都會被碾成碎片。

「這是連空中的飛龍都能打下的重力結界。對人類來說——」

「沒有我砍不了的星靈術。」

劍光一閃。就在伊思卡的長劍劃過虛空的同時，原本即將閉闔的重力場發出了「啪」的一聲，就此碎裂開來。

他並不是胡亂揮劍。

伊思卡在出劍時，以不失分毫、宛如機械般精確的動作劈開結界的接縫處。

只要稍稍偏離一公釐——

只要再慢上一秒鐘——

他肯定就會被重力網逮住，落得粉身碎骨的下場吧。

「居然連重力的牢籠都能識破啊？」

薩林哲向後跳去。

但在試圖後退的剎那，某個堅硬的東西將他推了回去。那是監獄塔的牆壁——而魔人並沒有發現。

受到伊思卡一再追擊的他，已經被逼到了無路可退的窘境。

「地爆的星靈。」

超越的魔人薩林哲。

那個男人放聲大吼。

「——噴發吧，用你的怒火讓大地化為焦土吧！」

「帝國兵，快點離開！」

身為地之星靈使的燐察覺到了。

伊思卡的腳下。

灼熱的能源從地底下湧出。在這星球的各種自然現象之中，屬於等級最強的能量即將於此刻破土而出。

「會被岩漿吞沒的！」

噴火——

伊思卡的腳下發出了深紅色的光芒，下一瞬間，大量的砂土和火花一同噴竄而出。

疾噴而出的岩漿無疑是這星球的自然產物。

就算以星劍劈砍也無濟於事。

「唔……！」

伊思卡從監獄塔的牆邊向後用力一跳。

被滾滾岩漿碰觸的監獄外牆逐漸熔化，草坪也受熱起火，朝監獄塔的外側延燒而去。

「得救了。」

「我只是兩害取其輕罷了。僅此而已。」

嘴唇還滲著鮮血的燐猛喘著氣起身。

「帝國兵，就這樣把他逼上絕路吧。我雖然感到不甘，但你人在此地確實相當走運。雖然不曉得那個男人還藏有多少手牌，但還是盡快解決他吧。」

「嗯？這是在開什麼玩笑？」

監獄塔的二樓屋頂上。

監獄塔如今已扭曲變形。男子站在碩果僅存的立足點上，在讓白髮受風吹拂的同時，投以睥睨的眼神。他瞇細雙眼，以蘊含冷笑的視線低頭看來。

「妳的說法活像是我已經展露手牌似的。」

「……有什麼好笑的？」

茶髮少女直直地回瞪這道視線。

「你終究只是一名竊賊。而能竊取的星靈也並非全數，最多只有一半。既然如此，便無從發揮星靈術原有的威力。」

他缺乏決定性的絕招。

像是始祖（涅比利斯）的「天之杖」、愛麗絲的「大冰禍」，或是琪辛的「棘龍」——一流的星靈使肯定會握有一張王牌；然而這名男子卻沒有。從水鏡星靈的特性來看，他無從修得相當於奧義的招式。

「我會讓你在這裡展露所有的手牌。」

「手牌啊？原來如此……」

超越的薩林哲輕聲嘆息。

「是我的壞習慣。我雖然沒打算放水，但總是會感到捨不得。三十年前的王宮對決，也是因為我吝於出招，才會被她們逮到破綻。」

「……什麼？」

「說我還留有手牌？說起來，我從三十年前至今，可是一次也沒攤開手牌給人看過。聽好了，女傭，還有帝國的劍客啊。」

超越——

這名魔人自詡其名的由來。

「那可是很深奧的喔。星靈之力的精髓深度，遠遠超乎你們的想像。我就揭露這深淵的一小部分，藉此碾碎你們吧。」

在強烈的星靈之光過後。

伊思卡和身旁的燐親眼目擊了那一幕。

2

奧瑞剛監獄塔——

腹地東側——帝國軍所發射的燒夷彈讓草坪染成一片殷紅，再加上風勢吹拂之下，火星朝外頭的大廈群吹去。

「鎮壓部隊繼續搜索魔人薩林哲！警備隊立刻去救助傷患！這場火勢就由本小姐擋下！」

烈火之中有一道喊聲。

汗珠接連滑過臉頰的愛麗絲揚聲大喊。

「所有獄卒也都去協助搜索魔人薩林哲，絕不能讓他走出第十三州厄卡托茲之外！盡全力尋遍他的蹤跡——」

『沒用的。』

聲音從愛麗絲的背後傳來。

從紅蓮之火中跳出的人影，對著皇廳公主舉起拳頭。

『那傢伙不會停下腳步。因為沒人能擋得住他。』

「……你以為自己在對誰說話？」

她以自地面竄出的冰柱擋下刺客的拳頭。隨著「啪嘰」一聲，冰柱先是歪曲變形，隨即化為千縷碎冰消散於空中。

彼此都沒有受傷。

這名男子現身還不滿十分鐘，但兩人交手過的回合早已不計其數。

『剛才的指揮真是出色。我還以為妳只是個虛有其名的公主，但著實是個優秀的指揮官啊。要是妳不在場，監獄塔早就失陷了。』

「能受你稱讚可真是榮幸。」

『稱讚？我整句話都是在嘲諷妳啊。』

「嗯，我想也是。」

詭異的電子嗓聲穿透鼓膜，像是糾纏在心臟上頭。那名男子的說話聲讓愛麗絲咬緊牙關。

「使徒聖無名……這裡是本小姐的國家，你這下賤的刺客還不快速速離去？」

『居然被魔女以下賤稱之，這可真是滑稽。』

男子從頭到腳都被淺灰色的迷彩緊身衣包覆。

體型不明，講話也仰賴電子語音。世間甚至謠傳緊身衣底下的並非人類，而是由人工智慧驅動的機械士兵。

——使徒聖第八席，無名。

距離爭奪星脈噴泉的那場大戰還不到兩個星期，想不到他居然已經侵入了皇廳的領土。

「你剛才突然現身時還真是嚇了本小姐一跳。能告訴我是怎麼穿越國境的嗎？」

『當然是用蠻力硬闖了。』

「騙人。若是如此，本小姐肯定會接到相關報告。」

帝國的刺客撒著明顯的謊。

雖然不曉得這名男子帶了多少名部下潛入，但這肯定是一起有計畫的入侵行動。

「是你在暗中搞鬼？襲擊監獄釋放魔人薩林哲的也是……」

『現在有必要聊這些嗎？眼前的現實就是一切。監獄塔遭到焚毀，超越的薩林哲將再次襲擊王宮。就只是如此而已。』

「本小姐會阻止他。」

『就憑妳這點本事？』

大氣為之凍結，數十支冰之標槍憑空產生，朝著使徒聖無名襲擊而去。但就在命中的前一刻，帝國刺客便消失在火焰中。

……又躲起來了。

……下次會從哪裡出現啦！

吐煙、搖曳的火焰，以及飛散的火星。

這裡的環境已經整頓成最適合無名這名男子躲藏的環境了。愛麗絲若想確實擊中他，就得使用全方位的——在大範圍內不分敵我、凍結全數的攻擊。

但現在的狀況不允許她這麼做。

『以為在皇廳交戰就占了地利嗎？』

話語聲混雜在烈火之中。

『這裡有妳的部下、妳的同胞與妳的國民。來啊，把妳的星靈術使出來看看。』

「唔！給我住口！」

若是在這裡使出全力戰鬥，會波及到自己的同胞。

這名男子比誰都清楚自己所顧慮的事情。

「使徒聖無名，你之前的那股氣勢上哪去了？認真和本小姐一戰啊！」

『認真對決？當然可以了，等超越的薩林哲離開這腹地後，我再來認真吧。』

「唔！」

何等狡詐的說法。

但這確實是有效的作戰方式。

……燐，交給妳了。

……我只能交付給妳了。妳要趁本小姐牽制住帝國軍的這段期間，擊敗那個魔人！

搜尋並追蹤魔人薩林哲的下落。愛麗絲很明白這是非常危險的任務。若不是情非得已，她也不想對自己最疼愛的隨從下達這項命令。

……要是能再有個幫手。

……若是有「他」出手……不，不對，我不能奢望這種事發生。

不能對這種一廂情願的可能性抱持期待。

愛麗絲確實對帝國劍士抱持著這種心願，希望他能幫忙逮捕魔人，並以此作為交換，將他釋放回國。

但她說不出口。

這樣的念頭實在太過一廂情願，而且太不單純了。就連對伊思卡抱持的「勁敵」印象也會因此遭到汙衊。就只有這件事她絕對做不到。

「無名！」

她抿緊嘴唇，環視起熊熊燃燒的烈焰。

「快給本小姐滾出來！再躲藏下去，我就不再和你奉陪，而是直接——」

火柱驀地竄起。

那並非在愛麗絲周遭燃燒的火焰。

在奧瑞剛監獄塔的門口處竄出一道宛如火山爆發、夾雜著岩漿的駭人火柱，將夜空染成了一片赤紅。

灼熱火光照亮四周——

促使她看見站在監獄塔的二樓屋頂上，身上大衣隨風飄揚的白髮男子。

「……薩林哲！」

同時——

愛麗絲看到黑髮帝國劍士與那名男子交手的身影。

3

水鏡的星靈——

其能力為竊取他人的星靈。由於相當危險，因此世人對這樣的星靈觀感極差。

只要薩林哲右手的星紋與他人的星紋交疊，就能至多奪取該星靈百分之五十的力量。

而這就是——

「錯了。這可真是天大的誤會。從他人身上竊取？哈！這正是對星靈一無所知者才會作出的判斷。」

奧瑞剛監獄塔二樓。

白髮美男子從外牆上睥睨地面，高傲地宣言道。

「水鏡是『能讓星靈一分為二』的星靈。」

「……胡說八道！」

與之相對，站在地上的燐大聲駁斥。

「這不過是在玩文字遊戲罷了！被你奪走星靈之人，其星靈術的威力確實會減半。你這樣和竊賊又有何不同！」

「『正因為變成了一半，才有能做到的事』。我的意思一直是如此。」

魔人秀出兩隻手掌上的雙色光芒。

右手是紅色星靈光，而左手——是藍色的星靈光。

「『揚棄』、『廢棄並發揚光大』。」

「……唔，這怎麼可能？」

燐登時啞口無言。因為綻放在魔人手上的雙色星靈光，代表這名男子能夠「同時」命令兩種星靈。

就連始祖涅比利斯也無法同時使用兩種星靈術。

「火與水、土與風、陰與陽——」

宛如咒文一般。

魔人的話語乘著肆虐的狂風捎來。

「對立的兩種概念，能昇華到更高階的次元並加以統合。睜大眼睛看好了，這就是單一星靈絕對無法達到的『揚棄』境界。」

兩個僅有百分之五十的星靈——缺損的零件可以合二為一。

這才是水鏡星靈的精髓。

「這就是星之意志。」

火與水的星階唱（Sanctus）——「人之歷史起源為火，在凍結的大河河畔生生不息」。

巨大的冰塊，熊熊燃燒的業火。

這兩者都是伊思卡看過的星靈術。

然而──

如今從天而降的「火焰」，卻被凍成了湛藍色。

──冷凍的火焰，在燃燒的同時受到冰封。

伊思卡無法理解其形成原理，讓思考停頓了一會兒。

這超越人類所知的現象，真能用劍將其斬斷嗎？

……雖然不曉得這一招的威力有多大。

……但能保證的是，要是砸到地面肯定就會完蛋。

「燐，快跑！」

伊思卡蹬著監獄塔的牆壁衝向半空。他踩著牆跳上了比監獄塔二樓更高的高度，迎戰火與水的星階唱。

伊思卡盡全力將手中的長劍劈向凍火。

「喝！」

包覆著火焰的冰之外壁碎裂開來。

接著在下一瞬間，火種發出亮光。原本被寒冰封住的火種，在失去冰之外殼後，驀地劇烈地膨脹開來。

宛如太陽一般。

「唔！原來冰塊是封印火焰的棺材嗎……！」

「你破壞了均衡呢。」

這是同時操控兩個相反星靈的超越者作出的勝利宣告。

「那即是你的失誤。消失吧！」

火與水的均衡。由於伊思卡的劍破壞了冰，於是調和因而失衡，使得剩餘的火之力爆發性地膨脹開來。

「『伊思卡』————！」

燐發出了慘叫。少女只能仰頭眼睜睜看著劍士被爆炸吞噬。

那是一陣巨大的煙火。

深紅色的火球迸開，化為數千數萬的點點火星散於夜空。

「…………薩林哲，這就是……你收集星靈的目的嗎！」

「這不是目的，『只是副作用罷了』。」

「唔？」

「這是我在這階段所能使出的奧義。然而，我所設定的終點可不僅止於此。」

在傾注而下的火星之中，只聽得見男子的聲音響徹四周。

「重點在於吾之水鏡星靈的本質。將兩種不同的星靈合而為一，昇華到更高一層的次元。然而，這還僅是第二次統合（第二階段）而已。」

「……意思是你還沒偷夠？你到底打算奪走多少星靈才滿足！」

「妳真是不識趣。」

魔人輕蔑道。

「無論讓星靈和星靈統合多少次，這終究也只是星靈使所能做到的範疇。我的目的地在更深遠之處，也就是──」

第三次統合（第三階段）──「人與星靈的統合」。

「……你在……說什麼？」

燐只能勉強擠著嗓子，發出沙啞的聲音。被火焰燒灼的喉嚨乾渴不已，每當發出話聲就會為之劇痛。

「居然說……要統合人與星靈？」

「『始祖涅比利斯』。」

「……你是指始祖大人就是如此？」

「在這顆星球上，能憑一己之力抵達那個境界的就只有寥寥二人。這兩人都是貨真價實的怪物。但我有朝一日也會抵達該處，追過他們的境界。」

燐終於明白了。

為何這名男子會以「超越」自稱。

這並不是因為他狂妄自大，也不是一閃而過的靈感。他打算超越星靈使這個次元，而他也確實具備足以誇下海口的力量和理念。

「……薩林哲，我果然不能讓你走出這座監獄塔。」

她從背後取出短劍。

這名男子很危險。他會對涅比利斯王室產生威脅，甚至可能搞垮整座皇廳。身為期盼和平的皇廳國民，絕對不能坐視不管。

「妳還有鬥志嗎？明明都看過那名劍士的死狀了。」

「死狀？你說死狀？」

魔女少女的茶髮隨風飄逸，冷笑了一聲。

「哈！總算啊總算，這回可輪到我對你嗤之以鼻了！」

「……？」

「你一點也不懂伊思卡。」

燐以手背擦去嘴角滲出的鮮血。

接著她舉起短劍，以劍尖指向臉孔因訝異而扭曲的魔人。

「那名帝國劍士乃是吾主愛麗絲莉潔大人唯一認同的勁敵。更重要的是——那名男子還曾經擊敗過你以怪物稱之的始祖大人。」

「哦？」

薩林哲皺起眉頭。

不曉得先前曾經在中立都市艾茵發生過死鬥的這名男子，恐怕以為茶髮少女的這般發言只是單純的夢話吧。

「擊敗了始祖？我還以為妳有什麼話想說，結果只是信口雌黃啊。」

「伊思卡是絕對不會受到那丁點攻擊就喪命的。我只需要像這樣迎合你的演說，多拖延一些時間就夠了。」

「……夠了，我也看膩妳那張臉了。給我消失吧。」

火與水的星階唱。

就在魔人薩林哲要發動奧義的那一剎那——

「魔人，你的眼睛在看哪？」

火柱包覆著奧瑞剛監獄塔。

突然間，火柱的其中一角破裂開來，一名劍士從閃耀的火星之中跳了出來。

「怎麼可能！」

薩林哲的話語聲為之抽搐。

他的王牌確實奏效了。在冰塊被破壞的瞬間，膨脹開來的火焰吞噬了劍士，並以最強火力炸裂開來。就連棲息於這星球祕境的龍族也會敗在這絕大的威力之下。

正因為如此——

自詡超越的魔人，首次有了背脊發涼的感受。

「你……劍客，你到底做了什麼！」

他從奧瑞剛監獄塔的二樓跳至四樓。

薩林哲接受了風之星靈的力量，一躍便跳至高空之中。與此同時，伊思卡也從二樓的屋頂跳往三樓。

「這可是我的精髓之一，絕非人類肉身所能承受的！」

「——這星劍是兩把一對的設計。」

魔人躍往監獄塔的頂端。

而伊思卡則是在跳過三樓屋頂的同時說道。

「黑鋼星劍能撕裂所有的星靈術，而白鋼星劍則能將最後劈開的星靈術重現一次。」

「難道你……！」

「我所砍掉的是外層的冰塊，也就是封印火焰的冰。我將那層冰喚了回來。」

烙印在伊思卡全身上下的並非灼傷，而是凍傷。

這就代表——

「你這傢伙，難道讓自己的全身上下包覆了喚回來的冰嗎！」

冰之鎧甲。

如此一來，他便能抵擋「火與水的星階唱」所產生的熱浪。但超越的薩林哲之所以感到難以置信，是因為將星靈之冰纏繞在自己身上，乃是太過荒唐的想法。

「怎麼可能。你可是整個人都被凍住了啊！就算真能擋下火焰，你也只會變成一座冰雕而已，在這之後等著你的，只有無法呼吸、窒息而死的下場啊！」

「沒錯。『所以我花了點時間把冰塊融掉』。」

「…………唔！」

他這回真的說不出話來。

伊思卡究竟做了什麼？為了抵擋熱浪，伊思卡不惜讓自己成為冰雕，但他又是怎麼死中求活的？就在這時，超越的薩林哲明白了。

——包覆著監獄塔的業火。

燒竄到監獄塔二樓樓頂的熊熊烈火，乃是帝國發射燒夷彈所致。就算時間流逝，這片火海也不會消失。

「你跳進這片火海之中了嗎！」

為了抵禦星靈術之火，不惜纏繞星靈術之冰化為冰雕。

接著則是為了融去身上的寒冰，而跳入帝國施放的業火之中。

若是復甦的過程慢了些許，就會直接凍死。

而就算能順利解凍，若太晚從火場逃出，便會被活活燒死。

「你這傢伙根本瘋了，居然能在那一瞬間想出如此破天荒的手段。難道你不會猶豫嗎！」

「我沒有猶豫的理由。」

「——唔唔唔唔唔唔！」

魔人悶聲叫苦。

劍士正逐步逼近自己，帶來了無法理解的強烈壓迫感。

如此異常的敵人堪稱前所未見。

就連三十年前在王宮的那一戰，即使面對女王涅比利斯七世，他也沒感受過這前所未有的恐懼。然而這個名不見經傳的劍士居然——

「我的奧義……居然被如此愚蠢的手段破解了嗎！」

「我有面子要顧。」

和涅比利斯公主訂下的交換條件。

他接過暗藏手銬鑰匙的手帕，與勁敵愛麗絲訂下了約定。

……既然她都對我如此期待了。

……我豈能辜負她的期望？

黑鋼後繼伊思卡——

在與冰禍魔女愛麗絲分出高下前，是絕對不會死的。

「你說面子？這根本是把我看扁了吧！」

激昂與恐懼。

面對伊思卡，魔人的咆哮混雜了兩種情緒。

「真是個讓人不寒而慄的戰鬥狂。不過，別以為同樣的手段還能奏效！」

要確實阻絕他以相同手段活命的可能性。

即使湧上了烈火般的激情，他的思考依然冷澈如冰。

薩林哲這名男子的強大並非依附於星靈。同時具備豪邁和慎重這兩種相反的特質，才是他真正強悍的原因。

「這是用來對付始祖血脈的奧義。即將接下這招的你就感到榮幸吧！」

——風與雷的星階唱。

薩林哲高舉的右手浮現星靈之光，融入呈漩渦狀聚集的黑夜雲朵之中。

「大氣與雷電，狂舞吧！」

大氣劇烈地扭曲。

吞噬整座監獄塔的沙暴，將周遭的一切都拋飛出去。

塔的外牆剝離崩落，就連原先燃燒的火焰也盡數遭到撲滅，甚至在轉瞬間把伊思卡和燐一同捲了進去。

「是沙塵暴嗎！」

棘手的並非強風。

這波風暴的本質，乃是被強風颳起的無數石礫。就連只有小指頭大小的石頭，在這狂風的吹拂下也能轟出不亞於子彈的殺傷力。

簡直是風之機關槍。

然而，子彈並沒有打穿伊思卡的身體。

「……土塊們，聚集吧！」

大地向上隆起。大量的砂土竄起，雕塑出人型化為巨人像，代替伊思卡阻擋瓦礫子彈。

「燐？」

「……別管我了，快去打倒那個男人！」

燐的手上僅有一片小小的土盾。

星靈術有其極限。尚未從先前受到的傷勢恢復過來的魔女，只能造出一尊為伊思卡抵禦攻擊的巨人像。

「巨人像撐不了多久的……快去！」

「該死的女傭！妳的舞台早已落幕了！礙眼的傢伙！」

風暴的中心發出了雷鳴的轟隆聲。

閃電撕裂了漩渦狀的雲層，朝著大地直劈而下，對準癱軟跪地的茶髮少女。

就在雷擊即將擊中燐的那一瞬間——

雷擊被凍結住了。

靜止了大氣。

停下了風暴。

連雷擊都為之凍結的究極冷氣，為燐排除了一切的危害。

「想對本小姐的燐做什麼呀？」

冰。

只將一種星靈術鍛鍊到極致，抵達精髓境界的星靈使。被寒氣包覆的少女，以悠然而嬌憐的步伐走向燐。

「……愛麗絲大人！」

「辛苦妳了，燐。謝謝妳支撐了這麼久。」

愛麗絲沒對頭頂上方的魔人多瞥一眼，直接抱住燐。

她身上滿是破綻，但涅比利斯皇廳的公主就是有十足的把握放下一切警戒。因為她知道勝負即將分曉。

「伊思卡——」

緊抱著燐的金髮少女，輕輕地呼喊他的名字。

「你果然回應了我的請求。」

她朝沙暴中心肆虐狂吹的方向訴說。

伊思卡緊盯著佇立在塔頂的魔人，踏著四樓的外牆跳躍。

他高高躍起。

這一躍非同小可，甚至躍上了與第十三州的大廈群相同的高度。

「來分出高下吧，魔人。」

「誰准你如此放肆了，小角色！區區一名劍客也想抵達我所在的高度，根本是癡人說夢！我說什麼也不會認同的！」

魔人的雙手迸出光芒。

光芒凝縮於掌心，化為兩把對劍。

光與暗的星階唱——「喔，王啊，就連深淵也拜倒在您無垠的光明之下嗎。」

光與影。

一把是閃耀著五彩的長劍，另一把則是吸收了一切光亮的黑劍。伊思卡無法想像那兩把劍究竟蘊含了多強大的威力。就算想像了，恐怕也毫無意義。

然而——

「是你輸了，薩林哲。」

即便劍上寄宿如此強大的力量，其使用者依然是魔人。

即便是窮究星靈術之人，也不是一名劍士。

因此——

伊思卡的星劍掃開了魔人的雙劍。

魔人中劍倒地。

在奧瑞剛監獄塔的塔頂，企圖超越王的罪人手臂中劍——

「……哈、哈、哈哈哈哈哈哈哈哈！」

他發出欣喜的高吼聲。

「薩林哲？」

「這不是很讓人愉快嗎？在我前往星靈使極致化的路上，星之試煉居然安排了如此棘手的敵人。這就是賦予我的試煉嗎！」

薩林哲從奧瑞剛監獄塔的五樓摔落。即使以頭下腳上的姿態向下墜去，他的表情依然充滿了亢奮。

「作好覺悟吧。無論是何許人也，都不可能封得住我！」

宛如詛咒般的宣告聲響起——

接著，超越者就這麼墜往監獄塔的腹地上。

4

第十三州天亮了──

在覆蓋著都市的黑暗轉為晴天後。

奧瑞剛監獄塔變成一座完全焚毀的廢墟。

土壤被燒得稀爛。燒夷彈和星靈之火對大地造成重創，如今依然看得到冉冉上升的煤煙。

「愛麗絲大人，囚犯們的狀況已經確認完畢，似乎沒有人越獄的樣子。」

「嗯，真是太好了。」

愛麗絲轉身環視腹地。

她瞥了一眼被燒熔的外牆後，轉身看向身旁的隨從。

「燐，妳的傷還好嗎？」

「不成問題。」

「哎呀？那這邊的擦傷也不要緊嗎？」

「好痛！愛麗絲大人，您在做什麼呀！」

「還不是因為妳嘴硬逞強。」

輕笑出聲的愛麗絲半是出於擔心，半是出於開玩笑。

「本小姐和妳是形影不離的交情吧？妳就坦率回答吧。」

「小的並不痛。」

「…………」

「我開玩笑的！那只是玩笑話，其實真的是有點痛！所以請別面露笑容擺出一副要戳我傷口的模樣啦！」

身上纏著繃帶的少女慌張地後退。

「先、先別管我的傷了，愛麗絲大人。關於那位魔人……」

「本小姐打算幫他換個牢房呢。下次得關進更堅固的地方才是。」

「不，我想說的是──」

燐清了清嗓子。

「皇廳剛才傳來聯繫。對於您在緊要關頭阻止魔人薩林哲越獄一事，女王大人特地發送了讚揚之言。」

「也是呢。我想母親大人應該也鬆了一口氣。」

超越者。

愛麗絲雖然沒和他正面交鋒，但在聽過負傷的燐轉述後，女王會為此放心也是無可厚非。

……不過，擊敗那名男子的既不是本小姐，也不是燐。

……若如實稟報是帝國劍士所為，母親大人究竟會露出何種反應呢？

他如今已不在這裡。

從時間上來看，他差不多要抵達國境了吧。

「我有遵守約定。這樣就一筆勾消了吧？」

黎明時分，伊思卡在道別之際曾在此地這麼說道。

——約定。

解開手銬的條件，是要他協助逮捕薩林哲。

然而，愛麗絲其實對這件事隻字未提。她一直猶豫是否該開口，直到最後仍然沒有坦言。

但他卻接收到自己的想法。

……在解開手銬的當下，伊思卡就可以立刻逃出皇廳。

……但他卻選擇趕來救援。

他代替自己出戰，甚至拯救了燐的性命。光是回想此事，就讓她的嘴角險些露出笑容，甚至高興得讓她想四下蹦跳。

啊啊，不行。這樣可不對。

雖然愛麗絲也不曉得為何「不對」，但總覺得不能沉浸在這種情緒之中。

「——不對。但其實不是這麼回事！」

「愛麗絲大人？」

「本小姐差點就要向他道謝，但事情不是這樣的。因為這只是交換條件而已呀！那都是伊思卡本來就該做的事！就這樣認定吧！」

自己的直覺沒錯。

只有他才足以稱為自己的宿敵。

所以說什麼都不能告訴皇廳的任何人。帝國劍士伊思卡是只屬於本小姐的勁敵。

……就是這樣。

……對伊思卡來說，這根本只是小事一樁。所以我才不會道謝呢。

本公主投注如此多的熱情和鬥志，他可是我愛麗絲莉潔的宿敵。

解決一名魔人，對他來說根本不費吹灰之力。

「聽好了，燐，他根本沒做什麼值得我們感激的事。」

「好、好的！」

「我們該做的事情，就是立刻返回皇廳。好啦，我們走吧。畢竟得向女王報告的事情多如山高呢。」

在報告的時候——

當然會把他的事情隱瞞不報。

在內心如此發誓後，愛麗絲領著隨從邁出腳步。

Intermission 「超越者們」

1

帝都詠梅倫根——

一架運輸機在第三管理區中央基地降落。

換作一般狀況，應該會有幾十名空軍士兵行禮迎接，但基地裡卻無人靠近這架飛機——因為這樣的反應已成慣例。

『——』

運輸機的艙門開啟，從登機梯下來的乘客僅有一人。那是被迷彩緊身衣包覆全身上下的使徒聖無名。

他搭乘隱藏在涅比利斯皇廳國際線上的飛機，直到這時才終於回到帝都。

他不發一語地從登機梯上走下。

『看來花了比預期更多的時間啊。』

在他身旁——

一名男子的聲音，從下到地面的無名身旁響起。

虛空驀地漾出漣漪，人影隨之現身。宛如從搖曳的虛空縫隙鑽出身子一般——「使徒聖無名從中現身」。

『而且還真是難得啊。我是聽說過在入侵皇廳境內的時候會做個變裝。』

『…………』

『但妳這樣是在對我挑釁嗎，璃灑？』

兩名使徒聖面對著彼此。

雖然兩人從頭到腳都被淺灰色的迷彩緊身衣包覆，但兩人卻有明顯的差異。

從運輸機登機梯下來的無名身高較矮，身形也較為纖細。

「——唔、噗哈……！」

嬌小版的無名解開了頭部的釦環。

解開頸部以上護具的無名真面目，是一名戴著眼鏡的女子。

「唉呀——還真熱，咱還以為要熱到死翹翹了呢。這種完全機密式的金屬纖維緊身衣，咱說什麼都不想穿第二次了。」

額上滲出大滴汗珠的女使徒聖做了個深呼吸。

「完全不行呢。這是用光學迷彩搭配強化外骨骼進行調整的實驗用緊身衣。雖說算是勉強堪用，但戰鬥只能維持個幾分鐘，最後咱還是被對方放水才逃得掉呢。」

『對手是？』

「冰禍魔女。」

前天深夜——

在奧瑞剛監獄塔與冰禍魔女交手的，正是變裝的璃灑。

這是為了讓超越的薩林哲逃到監獄外頭。

至於另一個目的，則是為了採集光學兵器的實驗數據。而純血種魔女是最適合用來採集數據的對手。

「不行、不行，就算強化了力氣，緊身衣裡的壓力和溫度還是會把人類的肉身毀掉。如果真的拿來和人拚殺，搞不好咱會打一打自己暴斃呢。」

『看來是白忙一場。這我也說過了吧？』

「量產實力接近超人的士兵」。

比起培育使徒聖無名或是伊思卡這種優秀士兵，讓一般士兵穿上這種緊身衣化為超人，明顯更有效率——

這便是璃灑親身著裝上陣的實驗型緊身衣。

「看來還得花個十年改善呢。」

『這可難說吧。』

聽到璃灑無奈的嘆息，無名嗤之以鼻地否定。

『璃灑．英．恩派亞，說起來，「妳根本不需要這種玩具吧」？』

「嗯～你這是什麼意思呢？」

天帝參謀透過薄薄的鏡片凝視著刺客。

第五席和第八席從彼此的目光竊取對方的思考。兩人進行著煞有其事的互動，在自信的氛圍中陷入寂靜。過了一會兒後——

「不過，咱偶爾也得弄點這種小玩意兒呀。」

「那你那邊又如何？你應該是特地回來報告的吧？」

璃灑先發出了一絲吐息。

『入侵皇廳的行動成功了。』

「這咱當然知道。咱問的是之後的狀況。」

『兩支特殊任務部隊成功入侵中央州。但王宮的警備果然非比尋常，得再蟄伏一段時間才能進攻。』

「哎呀，這不是挺好的嗎？」

她豔麗的唇瓣露出誘人的微笑。

「如此一來，八大使徒的好心情應該能維持個三天左右吧？」

『我要去向天帝陛下報告。妳也要去嗎？』

「嗯～咱想想。」

她推了一下鏡架。

使徒聖璃灑以一如往常的慵懶語調說道。

「還是下次吧。陛下似乎正在享受久違的外出呢，要是跑去打擾豈不是很不識趣嗎？」

2

涅比利斯皇廳——

第十三州厄卡托茲郊外。此地遠離了建滿灰色大廈群的都心，是一座自然公園。在太陽還未升起的清晨森林裡，迴蕩著小鳥們的啁啾聲。

真是讓人懷念的地方。

距今三十餘年前，比薩林哲襲擊涅比利斯王宮還要更久之前，這裡原本是一處幽雅清靜的綠色草原。

「這樣的寂靜也久違了呢。」

奧瑞剛監獄塔的地下室瀰漫著沉滯的黴味，就算噴灑再高級的香水，也沒辦法澈底抹去那刺鼻的怪味。

與之相較。

這裡充滿清新的自然氣息。土壤的香味與花朵的芬芳，光是呼吸都能讓肺部為之淨化。

儘管如此——

現在的薩林哲正處於無法久居森林的狀態。

「頂多再過個一天，留在監獄塔的『分身』就要消失了吧。」

而獄卒們肯定也會察覺此事。

察覺被關禁地下牢房的男子（薩林哲）是個冒牌貨，是以星靈術造出的分身。

「作好覺悟吧。無論是何許人也，都不可能封得住我！」

自奧瑞剛監獄塔摔落之際，他讓分身跌向地面，本尊則是逃了開來，藉以蒙騙目擊者。

「然而——」

晨光從樹蔭間灑下。

超越的薩林哲將那張姣好的面容面向森林深處。他的嘴角露出藏不住的笑意，肩膀也為之顫抖不已。

「有趣。這真是相當有趣。」

被關在牢裡的三十年光陰。

在這段期間裡，世界似乎也變得更加有趣了一些。

「那個叫愛麗絲的丫頭，想不到居然是小姑娘的二女兒……哈，小姑娘啊，妳雖然是個不夠格坐穩王座的星靈使，但似乎具備了身為女王最基本的才能啊。想不到鳶也生得出老鷹啊！」

愛麗絲莉潔．露．涅比利斯九世。

薩林哲迄今經歷過許許多多的冰之星靈術，但從未見過能將閃電凍結的冷氣。就是綜觀涅比利斯的歷史，這也是頂尖的強度吧。

而說到頂尖，就不能不提到那名劍客──

帝國兵伊思卡。

雖然不知為何那名男子會出現在皇廳，還像是抓準了時機似的來到監獄塔，但對薩林哲來說只是無關緊要的小事。

「星之意志們啊，我要感謝你們……！」

魔人忍俊不禁的笑容轉化為嘶吼，響徹了四周。

「餘興節目這種東西是愈多愈好。」

不須急於一時，只要慢慢等待即可。

等星之命運心血來潮地降臨之際，想必又能再次與那些愉快的餘興們相遇。

那個時候——

薩林哲還藏著三個「星階唱」作為殺手鐧。若是全數出招的話，說不定就能逆轉監獄塔一役的勝敗。

但薩林哲這人會為此感到「捨不得」。

還不能在這個節骨眼上攤開所有的手牌。因為這等同是向總有一天要交手的涅比利斯王室揭露底細。

該害怕的不是現任女王。

因為綿延地繼承了始祖之力的真正怪物依然存在。

「我原本已經對這個世界感到厭倦，但想不到似乎還有許多樂趣等著我發掘啊。」

他甩動大衣，踏著有力的步伐走向森林深處。

自然公園的盡頭與第十二州相連。只要離開這第十三州，追兵想必也會暫且死心吧。

這時——

「唔，哦？」

不尋常的寂靜。

聽到小鳥們的歌聲同聲止歇的瞬間，薩林哲輕笑了一聲。

吹進樹林沙沙作響的風極其古怪。那雖然是一道氣流，但薩林哲瞬間就察覺到其中蘊含著微弱的星靈之力。

那並非風之星靈術。

而是強大的星靈能量化為波動所產生的現象，是極為強大的力量結晶。

「來者何人？」

他背對著後方的氣息開口。

那人並非鎮壓部隊的追兵。能讓薩林哲感受到這強大力量之人，絕對不可能會是那般無趣的存在。

「不回答嗎？好啊，那我就扯下你身上那層假皮吧！」

超越的魔人倒抽一口氣。

面對從樹蔭底下透露過來的波動，白髮美男子無法抑止自身的顫抖。

——歡喜。

沒有現身，也沒有出聲。

但光是感受那力量的波動，就足以明白是誰潛藏於該處。

「哈、哈哈哈哈哈哈，是你啊！想不到你居然會在這裡為我接風！」

他張開雙臂。

接著，超越者氣勢洶洶地朝著大地用力一蹬。

「天帝詠梅倫根！在我面前現身的代價，可是很不便宜的喔！」

Epilogue　「向星星許願」

1

自然國境線．聖艾札莉雅大河——

在朝霧瀰漫的鐵橋中段，設置了皇廳的國境線和關卡。這時，有一輛車駛過關卡。

「————呼！」

車子的後座。

坐在伊思卡隔壁的女隊長，回頭望向身後的關卡。

「啊啊，太好了。雖然入國審查很嚴格，但出國審查就很輕鬆呢！如此一來，我們的特殊任務也以達成底標的形式落幕了呢。」

通過關卡，穿越鐵橋。

再來只須沿著高速公路前往最近的中立都市，再轉往帝國行駛即可。

「阿伊沒事，真是太好了呢。阿陣原本還擔心你會受到刑求或是被強灌藥物……應該沒發生這種事吧？」

「都是託了隊長的福。」

伊思卡看向按著胸口的米司蜜絲隊長，斬釘截鐵地回應道。順帶一提，他雖然被燐襲擊過一次，但這當然不能說出口。

「我真是嚇了一跳呢。想不到隊長你們竟然會跑到皇廳裡頭。是說，現在才感到驚訝雖然有點遲，但真虧你們能穿越國境……」

「真受不了，我們操心到心臟都要爆掉了。」

駕駛座上的陣說道。

而坐在副駕駛座上的音音，也同樣罕見地露出了疲憊十足的神情。

「真是不幸中的大幸。如果不靠這種方法，就真的只能舉白旗投降了。」

「你是指特殊任務嗎？」

「是啊。根據璃灑的說法，我們的星紋只要再過幾天就會消失。還真是千鈞一髮啊。」

第九〇七部隊的任務——

對帝國兵照射星靈能源，藉此讓星紋附著在皮膚上的人體實驗。而憑藉這枚人工星紋入侵皇廳，就是「特殊任務」的全貌。

……我也被特殊任務救了一命。

……正如陣所言，真的是千鈞一髮啊。

他靠上座位的椅背。

能回帝國了。確實感受到這點後，伊思卡忽然被一股強烈的睡意侵襲。

「伊思卡哥，你很睏嗎？果然累了吧？」

「……啊，不，我沒事。在進入帝國領土前，我應該還能再撐一陣子。」

說是這樣說，但他很久沒感受到如此強烈的疲憊感了。若要歸納原因，果然是和超越的薩林哲的戰鬥所致吧？

不對，若純粹是激烈的死鬥，還有許多前例可循。

還有沒有其他原因？

想到這裡時，一段回憶驀地從腦海中浮現——

「呵呵，伊思卡，你弄得本小姐好癢呢。到底在摸哪裡啦？」

「啊，本小姐可不許你跑掉。你看，被我抓到了吧？」

在伊思卡以俘虜身分度過的那天晚上。

人在客廳的伊思卡聽見睡在寢室裡的愛麗絲說夢話。

她的吐息聲莫名性感，還整晚嘟囔著：「呵呵，想不到你居然會……呢。」這類耐人尋味的話語，讓他沒辦法不去在意。

「居然會……」是什麼意思？

到底是有什麼地方讓她感到意外的？而且為什麼她一副開心的樣子？她的夢話不斷干擾著伊思卡的心緒，害他一刻也不得鬆懈。

「呃，結果根本是愛麗絲害我這麼累的啊！」

「阿伊？」

「啊，不不，什麼事都沒有！真的沒事……」

他仰望著車子的天花板嘆了口氣。忘了吧。這裡已經不是皇廳，自己也不是俘虜了，應該表現得像個帝國士兵才對。

「隊長看起來也很有活力，這樣我就放心了。」

「人家嗎？人家一點也沒事喔。雖然被人開過槍，但沒被直接打中身體呢。」

「那個，您表現得這麼有活力，該不會是星紋的問題已經找到方法解決了吧？」

魔女化。

浮現在米司蜜絲左肩的並非陣或音音那類的人工星紋，而是貨真價實的星紋。

關於這枚圖紋究竟該怎麼隱藏，這個問題至今依然沒能解決。

「該不會是在我離開的時候，想到了不錯的方法吧？」

「————」

「隊長？」

「啊啊啊啊啊啊啊啊啊！別說了，阿伊，別再提了！人家還沒作好心理準備啦！」

「您把這件事忘了嗎？」

「阿伊，等回到帝都之後，要陪人家一起想辦法啦！這次輪到部下（阿伊）來幫隊長（人家）了喔！」

「……好、好的！」

隊長淚眼汪汪。伊思卡一邊摸著她的頭，一邊用力點點頭。

……也對啊。

……現在對於這名女性來說，這個問題才更為棘手。

比起跨越涅比利斯的國境。

對魔女米司蜜絲來說，長居帝國是一件更為困難的大事。

「這是當然的了。下次就輪到我協助隊長了。」

伊思卡對表情怯弱的隊長點了點頭，用力握緊拳頭。

2

涅比利斯皇廳．中央州——

王宮「星之塔」。

位在全世界最接近天空的庭園——瀰漫著花草芬芳的空中花園裡，愛麗絲正坐在長椅上仰望夕陽。

「愛麗絲大人。」

現身花園的燐一板一眼地行禮。

「小的順利向女王大人匯報完畢了。」

「謝謝妳，燐。本小姐晚上也會和女王聊聊的。我想她應該還會詢問魔人薩林哲的事。」

「還請您在那之前先潔淨身子。」

「我知道啦……真是的。」

染上紅色的自豪金髮，如今已被汗水和沙塵弄得糾結黏膩。

在監獄塔擔任指揮官，並結束與使徒聖無名的戰鬥後，她馬不停蹄返回王宮。在向女王和側近作完報告後，才回到此地。

「總覺得這次很不走運呢。本小姐不僅弄髒了頭髮，衣服也破了好幾個洞，但最後還是放跑那個使徒聖……」

使徒聖無名在與愛麗絲交手到一半時，就突然消失無蹤。

雖說不明白他撤退的理由，但幾乎是同一時間，原本在監獄塔和鎮壓部隊交戰的帝國士兵們也驟然失去了蹤影。

「帝國部隊是怎麼越過國境的，真是教人匪夷所思呢。」

「是的。女王大人也對此事感到掛心。除了第十三州之外，其他地區也接獲目擊其他可疑分子的報告。帝國的諜報部隊也許還潛伏在皇廳境內呢。」

「我們也多提防一些吧。不過……」

她將手放在膝上，做了個深呼吸。

愛麗絲用力搖頭甩去雜念，露出了一如以往的微笑。

「但也不全然都是壞事呢。燐，身為妳的主人，我以妳的表現為榮喔。在遇上那名魔人的當下，真虧妳能鼓起勇氣與之相鬥呢。」

「……是、是的！感謝您的讚美！」

燐使勁端正姿勢。

「身為隨從，小的為此感到光榮之至！」

「是呀。況且——」

雖然不能說出口。

……唉，不行呀。

……這下可頭痛了。

只要一鬆懈下來，馬上就會想起「他」的事。

「你對本小姐身上的圖紋（這個）也毫不在乎嗎？若沒把我看成噁心的魔女，就把你對我的觀感說出來吧。」

「戰場上的勁敵。」

光是想起他說的那句話，就讓自己喜不自勝。

不是魔女，也不是公主。

就只有他注視著真正的自己。在知曉此事的瞬間，胸口便為之悸動，而每當回想此事，就會讓臉頰的力道放鬆下來。

「…………伊思卡。」

「愛麗絲大人，小的好像聽到某個不該說的名字了。」

「又、又沒關係！」

被燐用狐疑的目光注視後，愛麗絲一鼓作氣從長椅上起身。

「伊思卡和本小姐已是公認的關係，是公認的勁敵喔！就算喊他的名字也不要緊！」

「這問題可大了呀！」

燐的肩膀無力地垮下。

「小的也曾被那名帝國劍士救過。雖然身為敵人，但以一名習武之人來說……雖然感到不甘，但他確實是個值得尊敬的男人。」

「對吧、對吧？」

「但這是不行的。您不該輕率地提起那名劍士的名字，尤其在皇廳時更是如此。」

「可是……」

「我要向女王大人打小報告囉。」

「…………好啦。真是的，燐真是愛操心呢。」

帝國劍士伊思卡。

就算說出那個名字，身為下級兵的他也不會被任何人認同。因為這裡是涅比利斯皇廳。

「算了。燐，幫本小姐準備熱水，我們今天就一起洗吧。」

「……咦？」

「唉呀？妳為什麼一臉嫌棄的樣子？」

「還不都是愛麗絲大人的關係！每次看到我的裸體，您總會說：『……放心，燐，每個人成長的時期都不一樣，不需那麼難過。』然後用憐憫的眼光看人家呀！」

「呵呵，這樣的燐也很可愛呢。」

「愛麗絲大人！」

空中花園裡——

迴蕩著少女的慘叫聲和笑聲。

═══

涅比利斯王宮「星之塔」。

第三公主的個人房，位在空中花園的稍遠處。

這座豪華程度不輸第二公主愛麗絲莉潔的房間裡，客廳沒點上一盞燈，呈現一片寂靜。

「伊思卡和本小姐已是公認的關係，是公認的勁敵喔！」

「您不該輕率地提起那名劍士的名字，尤其在皇廳時更是如此。」

第二公主愛麗絲和其隨從的對話迴蕩著。

這並不是竊聽。

而是透過星靈之力重新播放。在一次又一次地播放過兩人的對話、靜靜地聆聽過後。

一名嬌憐的少女緩緩開口。

「——伊思卡？」

第三公主——希絲蓓爾・露・涅比利斯九世。

雖然和姊姊愛麗絲長得有些神似，但看起來更為稚氣。她身上穿著滿是荷葉邊的王袍，讓她看起來就像一尊漂亮的人偶。

席地而坐的美麗少女就這麼開口說道。

「帝國兵……？」

希絲蓓爾自身也是個極為強大的純血種。

她所擁有的「燈」之星靈，能讓過去發生過的事情以影像和聲音的形式再次呈現。她能自在地「偷看和竊聽」在王宮發生過的對話或事件。

偽證對希絲蓓爾來說不管用。

她也是王宮的部下們最為害怕的王室成員之一。

「愛麗絲姊姊大人在意的帝國兵……？勁敵？」

希絲蓓爾以指抵唇，反覆呢喃著話語。

姊姊說出口的那個名字——「伊思卡」。

這到底是第幾次了？記得姊姊以前也多次提及這個名字。

不過，那都是小聲低喃。

雖說她幾乎都是在四下無人時喃喃自語，但希絲蓓爾的星靈就連這種低語都能真實重現。

「伊思卡……伊思卡…………？」

少女說出那個名字。

「…………………」

她默默無語地按著胸口。

她知道王袍布料底下傳來的心跳，比平時快上許多。

「不會吧？」

乾燥的嘴唇輕聲漏洩的話語。

「不會吧。不可能有這種巧合……」

名為伊思卡的帝國士兵。

正好在一年前，「將自己從牢房中救出」的帝國士兵，確實叫做——

「安靜一點。我這就把妳放出去。」

「爲什麼？爲什麼……要讓我逃跑……？」

「史上最年少的『使徒聖』伊思卡——」

「由於協助魔女逃獄，以叛國罪將之逮捕，並下達了無期徒刑的判決。」

他並沒有報上姓名。

但在希絲蓓爾回到皇廳後，曾透過中立都市發售的書報雜誌得知伊思卡的名字。

——一年前，希絲蓓爾為了某個目的下定決心侵入帝國，但卻失風被逮。

——而就是在那個時候，她受到了伊思卡的救助。

伊思卡這個名字的共通點——

那個姊姊願意親口承認是勁敵的帝國士兵，倘若那個人是使徒聖，那就說得通了。

「可是……這是不可能的……」

純血種的魔女以沙啞的嗓聲再次說道。

這不可能。

「這種偶然是不可能發生的。這是……一廂情願的解讀……」

她揪緊了衣角。

肩膀發顫的她咬緊嘴唇。

「星之命運啊，我不會受到你的誘惑……不過，若還能再與那名士兵相見——」

她向星星許願。

如果祈禱蘊含實現的力量，那自己願意獻上無數次的祈禱。就算明白那是絕不可能發生的奇蹟，她也甘之如飴。

「拜託你，再次……救救我吧……！」

後記

少年觸及了少女背上的祕密。

浮現在少女肌膚上的，是陌生的圖紋。
綻放著詭異光芒的那身背影，就像是遭受某物附身一般的模樣——
在本作中，將這種擁有寄宿星靈圖紋之人稱為「魔女」。
「看到『這個』之後，你有何感想？」——對於魔女公主的這番提問，淪為俘虜的少年會如何回應？
而這段互動帶來的結果又是如何——這次就是這樣的故事。

言歸正傳。
感謝各位購入本書《這是妳與我的最後戰場，或是開創世界的聖戰》（這戰）第三集！
這回的重點著重在星紋上，故事的主軸為「縱使想分離也離不開」。

這難道是星之命運的惡作劇嗎？

在上一集屢屢「錯身而過」的劍士和魔女，這回卻是與之相反，形成了俘虜和監視者的關係，並在超乎預期的狀態下展開了近身共處的生活。

兩人觸碰到了彼此的另一面——

這種一腳踏在他人尊嚴上頭的行為需要極大的勇氣，雖然也可能會引發衝突，但卻是理解彼此所不可或缺的互動。

在這回的篇章中，終於清楚地認定彼此是「勁敵」的兩人將會有何發展？故事從現在才要開始邁入高潮，還請各位期待！

順帶一提，這回的另一個關鍵字則是「逃獄」。

除了作為本集頭目存在的魔人之外，最後露臉的「她」也與「逃獄」一詞緊緊相依。而後者今後的發展還請各位期待（沒錯，就是在第一集開頭登場的那一位）。

好的，在此稍稍提及一下作者今後的活動。

《這戰》是今年五月（註：本文出現的時間皆為日本販售的狀況）上市的新系列，而在第一集之後，第二集的銷量也相當賣座。在許多人的支持下，筆者可以在今年為這部新作繼續執筆下去。真的非常感謝各位。請容我借用此篇幅出言致謝。

插畫家猫鍋蒼老師與責編K大人，這次也承蒙你們關照了。雖然這話說得有點早，但兩位明年也願意繼續出手協助的話，將會是我的榮幸。

此外，下一集目前預定在明年春季發售。雖然會讓各位稍等一陣子，但因為下一集的故事也會相當有趣，我已經懷著迫不及待的心情想呈現給各位閱讀了。

而在等待下一集上市的這段期間——

細音我將在此介紹另一部執筆的新作。

●MF文庫J

《為何我的世界被遺忘了？》（第二集10月25日上市）

——這是被世界遺忘的少年的英雄故事。

這是孑然一身的少年，將挑戰天使、惡魔和幻獸等強大的其他種族，將「被竄改」的世界導回正史的故事。

由於是才剛出第二集的新系列，要買到應該不算困難才是。

而這部作品也相當暢銷，上市後立刻收到了極大的迴響。我會同時努力創作這一系列和《這戰》的。

第三集預計在明年二月上市，還請各位留意一下喔！

好的，剩下的篇幅也不多了。

劍士伊思卡和魔女公主愛麗絲的故事——

有時激烈衝突、有時形影不離的兩人，將會交織出什麼樣的命運呢？

而這次在終章登場的「她」也將正式參戰，還請各位期待許多新角色正式登場的第四集。

那麼再會了。

明年二月的《為何我的世界被遺忘了？》第三集（ＭＦ文庫Ｊ），

以及明年春季上市的《這戰》第四集，

但願能在這兩冊再次見到各位。

於感受秋天將至的日子　細音啓

※我會在推特上隨時公布新書上市的訊息。

https://twitter.com/sazanek

下集預告

「本、本小姐哪可能認識帝國的劍士呀！」

「對、對啊！是認錯人了啦！」

為了掩飾米司蜜絲星紋的祕密，伊思卡前往遠離帝國的綠洲都市放起長假。
而他在那裡遇見了愛麗絲莉潔的妹妹希絲蓓爾，
以及追著她前來的愛麗絲莉潔本人。
互相懷抱祕密的三人雖然佯裝不識彼此，
但一年前的「魔女逃獄事件」所隱藏的陰謀終將揭曉——

至高魔女與最強劍士的舞蹈，第四幕。
隱藏的真相，將讓劍士與魔女捲入更為激烈的鬥爭之中。